BIBLIOTHÈQUE D'ÉDUCATION RÉCRÉATIVE

LA MODESTE SUZANNE

Suzanne.

COLLECTION PICARD

BIBLIOTHÈQUE D'ÉDUCATION RÉCRÉATIVE

LA MODESTE SUZANNE

PAR

A. HANNEDOUCHE
INSPECTEUR DE L'ENSEIGNEMENT PRIMAIRE
OFFICIER D'ACADÉMIE

Vingt-et-une gravures par Loévy.

PARIS
ALCIDE PICARD ET KAAN, ÉDITEURS
11, RUE SOUFFLOT, 11

LA MODESTE SUZANNE

CHAPITRE PREMIER

LA REINE DU MAI

Dans un petit hameau des frontières du pays de Galles, existe encore la coutume de célébrer le 1er mai. Les enfants du village, qui attendent cette fête rurale avec une joyeuse impatience, se réunissent ordinairement le dernier jour d'avril, afin de préparer leurs bouquets pour le matin du lendemain et choisir leur reine. Leur lieu de rendez-vous accoutumé est une aubépine, qui se trouve dans un petit clos verdoyant, ouvert sur une petite ruelle ombragée, et séparée par une haie épaisse d'églantiers du jardin d'un homme d'affaires.

Cet homme de loi avait commencé sa fortune avec rien; mais il était arrivé à se procurer de beaux revenus. Il se fit bâtir une maison à l'entrée du village, entourée d'un grand jardin bien clos; mais, malgré ses clôtures, il ne se sentait jamais en sûreté; telles étaient ses habitudes de chicane et son caractère soupçonneux, qu'il était constamment en procès avec ses paisibles voisins. Un porc, un chien, une chèvre, une oie. passait toujours sur sa propriété; ses plaintes et ses réclamations ennuyaient et alarmaient le hameau tout entier. A la fin, les sentiers de ses champs n'étaient plus fréquentés: ses barrières étaient bloquées avec des pierres ou garnies de ronces et d'églantiers. si bien qu'un oison n'eût pu passer en dessous. ni un géant enjamber par dessus. Les enfants du village eux-mêmes craignaient tant d'offenser l'irritable homme de loi, qu'ils ne se seraient pas aventurés à lancer un cerf-volant près de sa propriété. de peur qu'il ne s'empêtrât dans ses arbres ou ne retombât sur sa prairie.

M. Case. car c'était le nom de notre homme, avait un fils et une fille: mais il n'avait pas le temps de s'occuper de leur éducation : il ne pensait qu'à leur amasser une fortune. Pendant plusieurs années. il laissa ses enfants courir en sauvages dans le village: mais. tout d'un coup. ayant obtenu une importante agence, il commença à penser à leur donner un peu d'éducation. Il envoya son fils apprendre le latin; il loua une servante pour sa fille Barbara, et il défendit sévèrement à sa fille de se trouver dorénavant en compagnie des pauvres enfants qui avaient été jusque-là ses compagnes de jeux. Ces dernières ne furent pas chagrinées de cette défense. parce que Barbara avait été leur tyran plutôt que leur compagne. La fille de M. Case fut vexée de voir que son absence n'était pas regrettée et de s'apercevoir qu'elle ne pouvait humilier ses anciennes amies par son arrogance et son luxe.

Il y avait parmi ses anciennes compagnes une bonne petite fille, pour laquelle elle avait une antipathie particulière, Suzanne Price, d'un caractère doux et modeste. qui était l'orgueil de sa famille. Son père faisait valoir une petite ferme, et, malheureusement pour lui, il habitait à peu de distance de M. Case. Souvent Barbara se tenait à sa fenêtre, guettant Suzanne à l'ouvrage; quelquefois, elle la voyait dans son jardin bien propre, râtissant ou sarclant; quelquefois, elle était agenouillée près de son rûcher, offrant des fleurs nouvelles à ses abeilles; d'autres fois, elle était dans la basse-cour, donnant du grain à ses poulets, et, dans la soirée, elle s'asseyait souvent sous un sureau, devant une petite table sur laquelle elle mettait son ouvrage.

Sa mère, qui l'aimait beaucoup lui avait appris à faire beaucoup de petits travaux. Mme Price était une ménagère active et intelligente, mais sa santé n'était pas robuste. Elle gagnait un peu d'argent en s'occupant de couture, et elle était connue pour faire d'excellent pain et des gâteaux. Elle était respectée dans le village pour sa conduite comme femme et comme mère, et tous étaient empressés à lui témoigner leur estime. La première branche d'aubépine était toujours placée à sa porte le matin du 1er mai, et sa Suzanne était habituellement la reine de Mai.

Le moment était venu de choisir la reine. Le soleil couchant brillait en plein sur les fleurs de l'aubépine quand le joyeux groupe d'enfants s'assembla sur la verdure. Barbara se promenait bien triste dans le jardin de son père: elle entendait les voix affairées dans la ruelle et elle se cachait derrière la haie épaisse pour écouter leur conversation.

— Où est Suzanne? furent les premiers mots de bienvenue qu'elle entendit.

— Oui, où est Suzanne? répéta Philippe, s'arrêtant court au milieu d'un air nouveau qu'il jouait sur sa flûte. Je voudrais que Suzanne fût là, j'ai besoin qu'elle me chante cet air encore, car je ne l'ai pas appris assez.

— Je voudrais que Suzanne fût arrivée, certainement, s'écria une petite fille dont le tablier était plein de primevères; elle me donnerait du fil pour lier mes bouquets, elle me montrerait où croissent les violettes, et elle a promis de me donner un bouquet de primevères doubles pour les porter demain. Je voudrais qu'elle fût venue.

— On ne peut rien faire sans Suzanne. Elle nous montre toujours où on peut trouver les plus belles fleurs dans les sentiers et dans les prés. Elle fera les guirlandes et elle sera reine de Mai, s'écrièrent une multitude de petites voix.

— Mais elle ne vient pas, dit Philippe.

Rose, qui était son ami particulière, s'avança alors pour rassurer l'impatiente assemblée. Elle assura que Suzanne viendrait aussitôt qu'elle pourrait, et que, probablement, elle était retenue à la maison par sa besogne.

Les petits électeurs pensaient que toute affaire devait céder le pas aux leurs, et Rose fut dépêchée pour faire venir immédiatement son amie.

— Dites-lui de se hâter, cria Philippe. M. Case

Je voudrais que Suzanne fût arrivée.

dine à l'*Abbaye* aujourd'hui, heureusement pour nous. S'il revient chez lui et nous trouve ici, peut-être il nous chassera, car il dit que ce morceau de terre fait partie de son jardin; pourtant, cela n'est pas vrai, j'en suis sûr, car le fermier Price sait et dit que ce coin a toujours fait partie de la route. Cet homme veut avoir notre place de jeu. Je voudrais que lui et sa fille Barbe, ou Mlle Barbara, comme il faut maintenant l'appeler, soient à 100 lieues d'ici, hors de notre chemin. Pas plus tard qu'hier, elle renversa mes quilles dans un accès de mauvaise humeur, comme elle se promenait avec une robe qui trainait dans la poussière.

— Oui, cria Marie, la petite fille aux primevères, sa robe traine toujours: elle ne se tient pas joliment, comme Suzanne, et avec tous ses beaux habits, elle ne paraît pas aussi propre. Ma mère veut que je ressemble à Suzanne quand je serai une grande fille, et je le ferai. Je n'aimerai pas paraître aussi vaniteuse que Barbara, quand même je serais aussi riche.

— Riche ou pauvre, dit Philippe; cela ne sied pas bien à une petite fille de paraître vaniteuse, encore moins effrontée, comme faisait Barbara l'autre jour, quand elle se tenait à la porte de son père, sans chapeau sur la tête, regardant fixement un étranger qui s'arrêtait là pour faire boire son cheval. Je sais ce qu'il pensait de Barbara, et de Suzanne aussi, car Suzanne était dans son jardin, courbant une branche de cytise, pour regarder les fleurs jaunes qui commençaient à sortir, et quand le monsieur demanda quelle était la distance pour Shremsbury, elle lui répondit modestement, mais sans fausse honte, comme si elle n'avait jamais vu personne. Puis elle remit son chapeau de paille qui était tombé en arrière pendant qu'elle regardait le cytise, et retourna à la maison. L'étranger me dit après qu'elle fut partie : « Je vous prie, qui est cette propre et modeste petite fille? » Mais je voudrais que Suzanne fut ici, s'écria Philippe, s'interrompant lui-même.

Pendant ce temps, comme son ami Rose l'avait dit justement, Suzanne était occupée à la maison. Son père était rentré plus tard que d'habitude, son souper était prêt une heure avant qu'il revint au logis, et Suzanne avait balayé l'âtre deux fois et deux fois remis du bois afin de faire une flambée pour le réjouir; il entra enfin, mais il ne fit pas attention à la flambée ni à Suzanne, et quand sa femme lui demanda comment il se portait, il ne répondit pas, mais se tint le dos tourné vers le feu paraissant tout pensif. Suzanne mit son souper sur la table, lui avança une chaise, mais il repoussa la chaise et se détourna de la table, disant :

— Je ne mangerai rien, mon enfant. Pourquoi avez-vous un tel feu, à cette saison de l'année? Vous voulez donc me rôtir?

— Vous m'avez dit hier, papa, que vous aimiez un joli feu de bois dans la soirée, et vous avez eu une averse de grêle. Votre habit est tout à fait mouillé; il faut le sécher.

— Prends-le donc, mon enfant, dit-il en le retirant. Je n'aurai bientôt plus d'habit à sécher. Prends mon chapeau aussi, dit-il en le jetant par terre.

Suzanne accrocha le chapeau, mit l'habit à sécher sur le dos d'une chaise, et s'approcha anxieusement de sa mère, qui n'était pas bien portante. Elle s'était fatiguée beaucoup ce jour-là, en faisant une fournée de pain, et, maintenant, alarmée par la contenance maussade de son mari, elle était assise, pâle et tremblante. Il se jeta sur une chaise, croisa les bras, et fixa les yeux sur le feu. Suzanne essaya la première de rompre le silence.

Heureux le père qui a une telle fille! Son inaltérable douceur de caractère et ses caresses affectueuses et enjouées, dissipèrent enfin peu à peu la mélancolie de son père.

Il ne put se décider à manger quelque chose du souper qui avait été préparé pour lui. Cependant, avec un triste sourire, il dit à Suzanne qu'il croyait pouvoir manger un des œufs de sa pintade. Elle le remercia et, avec cet empressement qui marque le désir de plaire, elle courut à sa basse-cour, mais, hélas! la pintade n'était pas là; elle avait volé dans le jardin de l'homme de loi. Elle la vit à travers les barreaux et ouvrant timidement la petite porte, elle demanda à Mlle Barbara de la laisser entrer pour reprendre sa pintade. Barbara qui, à ce moment, était de mauvaise humeur à cause de ce qu'elle avait entendu dire aux enfants du village, se redressa quand elle entendit la voix de Suzanne et avec un ton de mauvaise humeur et de fierté, elle repoussa sa requête.

— Fermez la porte, dit-elle, vous n'avez nulle affaire dans notre jardin, et quant à votre pintade, je la garderai. Elle vole toujours ici et nous fait du dommage. Mon père m'a dit que je pouvais la saisir, la première fois qu'elle viendrait et c'est fait.

Alors Barbara appela sa servante Betty et lui ordonna de saisir l'oiseau.

— Oh! ma pintade, ma jolie pintade, s'écria Suzanne comme la servante chassait la pauvre bête de tous les côtés.

— La voilà prise, dit Betty, en la saisissant vivement par les pattes.

Rose venait appeler Suzanne pour se rendre à la réunion des enfants.

— Maintenant, payez le dommage, reine Suzanne, ou adieu à votre pintade, dit Barbara d'un ton insultant.

— Dommage! quel dommage? dit Suzanne. Dites-moi ce que je dois payer?

— 20 sous, dit Barbara.

— Oh! 10 sous suffiraient, dit Suzanne. Je n'ai que 10 sous à moi au monde, et les voici.

— Ce n'est pas suffisant, dit Barbara, tournant le dos.

— Eh bien! mais écoutez-moi, s'écria Suzanne, laissez-moi au moins entrer et regarder après ses œufs. Il m'en faudrait un pour le souper de mon père. Vous aurez tout le reste.

— Que nous fait le souper de votre père? Est-il si délicat qu'il ne puisse manger que des œufs de pintade? dit Barbara. Si vous avez besoin de votre poule et de vos œufs, payez et vous les aurez.

— Je n'ai que 10 sous, et vous dites que cela ne suffit pas, dit Suzanne avec un soupir, en regardant sa favorite qui se débattait en vain dans les mains de la servante.

Suzanne se retira fort triste. A la porte de la chaumière paternelle, elle vit son amie Rose qui venait l'appeler pour se rendre à la réunion des enfants.

— Ils sont tous sous l'aubépine, et je viens vous chercher, nous ne pouvons rien faire sans vous, chère Suzanne, cria Rose, courant à sa rencontre au moment où elle la vit. Vous êtes élue reine du Mai; allons, hâtez-vous. Mais qu'y a-t-il? Pourquoi paraissez-vous si triste?

— Ah! dit Suzanne, ne m'attendez pas: je ne puis aller avec vous; mais, ajouta-t-elle, montrant la touffe de primevères doubles dans le jardin, cueillez ces fleurs pour la petite Marie. Je les lui ai promises; et dites-lui que les violettes sont sous la haie, juste à l'opposé du tourniquet à droite, en allant à l'église. Au revoir, ne vous occupez pas de moi; je ne puis venir; je ne puis m'arrêter, car mon père a besoin de moi.

— Mais ne tournez pas la tête, je ne vous retiendrai qu'un moment; dites-moi seulement ce qu'il y a, dit son amie, la suivant vers la maison.

— Oh! rien; peu de chose, dit Suzanne, seulement j'avais besoin d'un œuf tout de suite pour mon père. Cela ne m'aurait pas contrariée sûrement de rogner les ailes de ma pintade, et elle n'aurait plus volé au-dessus de la haie; mais n'y pensons plus maintenant, ajouta-t-elle en refoulant une larme.

Cependant, quand Rose apprit que la poule de son amie était retenue prisonnière par la fille de l'agent d'affaires, elle fut indignée et retourna en courant dire l'histoire à ses compagnons.

— Barbara! Tel père, telle fille, cria le fermier Price, se relevant de l'attitude pensive dans laquelle il était resté, et approchant sa chaise plus près de sa femme.

— Vous voyez, quelque chose me tourmente, femme. Je vous dirai ce que c'est.

Comme il baissait la voix, Suzanne qui n'était pas sûre qu'il voulait lui laisser entendre ce qu'il avait à dire, se retira de derrière sa chaise.

— Suzanne, ne vous éloignez pas, asseyez-vous ici, ma douce enfant, dit-il, lui faisant place. Je crois que j'étais un peu ennuyé quand je revins ce soir, mais j'ai quelque chose qui me contrarie, comme vous allez voir.

CHAPITRE II

LE FERMIER PRICE EST APPELÉ DANS LA MILICE

— Il y a une quinzaine, vous savez, ma femme, il y eût un tirage au sort dans notre ville pour la milice. Il s'en fallait à ce moment de dix jours que j'eusse quarante ans, et on me disait que j'étais fou de ne pas déclarer tout d'un coup quarante ans. Mais la vérité est la vérité, et c'est ce que je crois le plus convenable à dire dans tous les temps, arrive ce qui pourra. Ainsi, je fus pris pour la milice. Mais quand je pensai quel chagrin ce serait pour vous et pour moi de nous séparer, je fus bien heureux d'apprendre que je pouvais m'en tirer en payant 8 ou 9 guinées (1) pour un remplaçant. Seulement je n'avais pas les 9 guinées car vous savez que nous avons eu mauvaise chance avec nos moutons cette année et qu'ils sont tous morts l'un après l'autre. Alors j'allai chez M. Case et avec

(1) 200 francs ou 225 francs.

beaucoup de difficulté, j'obtins qu'il me prêterait la somme, pour laquelle, certes, je lui donnerais quelque chose; et je lui ai confié le bail de notre ferme, sur son instance, pour garantir le prêt de l'argent. M. Case est trop fin pour moi, il a découvert ce qu'il appelle un défaut dans mon bail, et ce bail, a-t-il dit, ne vaut pas un liard, et il peut nous mettre hors de notre ferme demain si cela lui plaît, et certainement cela lui plaira, car je lui ai manqué aujourd'hui et il jure qu'il se vengera. En vérité, il a commencé à agir assez méchamment aujourd'hui déjà. Cela ne fait que commencer.

Ici le fermier Price fit une longue pause, et sa femme et Suzanne considéraient son visage avec anxiété.

— Cela doit arriver, dit-il avec un soupir, il faut que je vous quitte dans trois jours.

— Il faut? dit sa femme, d'une voix qui semblait résignée, Suzanne, mon amie, ouvre la fenêtre.

Suzanne courut ouvrir la fenêtre et revint soutenir la tête de sa mère.

Quand celle-ci revint à elle-même, elle se releva et demanda à son mari de continuer et de ne rien lui cacher

Il n'avait en vérité aucun désir de cacher quelque chose à une femme tant aimée; mais si fort qu'il fût, et quoique fidèle à sa maxime que la vérité est ce qui convient le mieux à dire dans tous les temps, sa voix faiblissait, et ce fut avec quelque difficulté qu'il prit sur lui de dire l'entière vérité.

Voici ce qui s'était passé :

M. Case avait rencontré le fermier comme il rentrait chez lui en sifflant, de retour du champ qu'il labourait. L'homme d'affaires venait de dîner à l'Abbaye, résidence d'un opulent seigneur du voisinage, dont M. Case était l'intendant. Le seigneur était mort subitement; sa propriété et son titre étaient échus à un plus jeune frère qui venait d'arriver dans le pays et à qui M. Case s'était empressé de faire sa cour dans l'espoir de conquérir sa faveur. Il se flattait d'obtenir l'intendance et déjà il pensait qu'il pouvait prendre le ton du commandement vis-à-vis des tenanciers, spécialement envers un d'entre eux qui lui devait de l'argent, et dont le bail présentait une clause obscure.

Accostant le fermier d'une façon hautaine, l'homme d'affaires lui dit :

— Fermier Price, un mot, s'il vous plaît, avancez-ici, camarade, marchez à côté de mon cheval et écoutez-moi. Vous avez changé votre opinion, j'espère, au sujet de ce morceau de terre, ce coin au bout de mon jardin?

— Comment? Monsieur Case, dit le fermier.

— Comment? Vous avez dit que cela ne m'appartenait pas, quand vous m'avez entendu parler de le clore, l'autre jour?

— Je l'ai dit et le dis encore, répondit Price.

Provoqué et étonné par le ton ferme avec lequel ces mots étaient prononcés, l'homme d'affaires fût sur le point de jurer qu'il aurait sa revanche; mais il se contint de crainte qu'une expression hasardée pût, dans une Cour de justice, être invoquée contre lui.

— Mon bon ami, Monsieur Price, dit-il d'une voix douce — mais pâle de rage concentrée — avec un sourire forcé, je suis dans la nécessité de vous demander l'argent que je vous ai prêté il y a quelque temps, et vous voudrez bien vous rappeler que cette somme doit être payée demain matin. Je vous souhaite une bonne nuit. Votre argent est prêt, je suppose?

— Non, dit le fermier, il n'y a pas une guinée de prête; mais Jean Simpson, qui était mon remplaçant, n'a pas quitté le village encore; je retirerai de lui mon argent, et je partirai moi-même, comme cela doit se faire, pour la milice.

L'homme de loi ne s'attendait pas à une semblable détermination et il représenta à Price, d'un ton hypocritement amical, qu'il n'avait pas envie de le pousser à une telle extrémité, que ce serait le comble de la folie que de se jeter la tête contre la muraille pour si peu de chose.

Vous n'avez pas l'intention de joindre ce coin de terre à votre propre jardin, n'est-ce pas, Price? dit-il.

— Moi? dit le fermier, cela n'est pas à moi; je ne prends jamais ce qui ne m'appartient pas.

— C'est juste, c'est convenable, en effet, dit M. Case; mais alors vous n'avez aucun intérêt personnel à la terre en question?

— Aucun.

— Alors pourquoi tant de raideur, là-dessus, Price? Tout ce que je vous demande est de dire...

— De dire que noir est blanc, ce que je ne ferai pas, Monsieur Case. Le terrain ne vaut pas qu'on en parle, mais il n'est ni à vous ni à moi. Dans ma mémoire, depuis que la nouvelle ruelle est faite, il a toujours été ouvert à la commune, et nul homme ne le fermera de ma bonne volonté. La vérité est la vérité, et il faut la dire; la justice est la justice, et il faut la faire.

Comment? Vous avez dit que cela ne m'appartenait pas.

— Et la loi est la loi, et elle aura son cours, à vos dépens, cria l'homme d'affaires, exaspéré par la vigueur indomptable de ce Hampden de village.

Là-dessus, ils se séparèrent. La chaleur de l'enthousiasme, l'orgueil de la vertu qui rendaient brave notre héros, ne le rendaient pas insensible. A mesure qu'il s'approchait de sa maison, des pensées mélancoliques envahissaient son cœur. Il passa devant la porte de sa chaumière d'un pas résolu, cependant, et alla à travers le village à la recherche de l'homme qui s'était engagé à le remplacer. Il le trouva, lui dit ce qui se passait, et heureusement, ce remplaçant qui n'avait pas encore dépensé l'argent, voulut bien le rendre, car beaucoup d'hommes avaient été pris pour la milice et devaient être heureux de lui donner la même somme ou même davantage.

Aussitôt que Price eut l'argent, il courut vers la maison de M. Case, se présenta avec assurance dans sa chambre, et, plaçant la monnaie sur son pupitre :

— Voilà, Monsieur, vos 9 guinées, comptez-les; maintenant, je n'ai plus rien à faire avec vous.

— Pas encore, dit l'homme d'affaires, faisant sauter l'argent dans sa main avec triomphe; vous goûterez de la loi, mon bon Monsieur, ou je me trompe. Vous oubliez le *vice* dans votre bail, que je tiens en sureté dans ce pupitre.

— Ah! mon bail! dit le fermier, qui avait presque oublié de le demander, jusqu'à ce que l'imprudente menace de l'homme de la loi le lui rappelât. Donnez-moi mon bail, Monsieur Case, j'ai payé mon argent; vous n'avez nul droit de garder mon bail plus longtemps, qu'il soit bon ou mauvais.

— Pardonnez-moi, dit l'homme d'affaires, fermant son pupitre et mettant la clef dans sa poche; possession, mon honnête ami, cria-t-il, frappant la main sur son pupitre, est un des principaux points de la loi. Bonne nuit. Je ne puis, en conscience, rendre à un tenancier, un bail dans lequel je sais qu'il y a un vice, et mon devoir est de le montrer à mon maître, ou, en d'autres mots, à votre nouveau propriétaire, dont j'espère, avec de bonnes raisons, que je serai l'intendant. Vous vous repentirez de votre obstination, Monsieur Price. Votre serviteur.

Le fermier, se retira triste, mais non intimidé.

Quand Suzanne apprit l'histoire de son père, elle oublia tout à fait sa pintade et elle ne pensa qu'à sa pauvre mère qui, malgré les plus grands efforts, ne pouvait supporter le choc de l'infortune. Dans le milieu de la nuit, la pauvre enfant se réveilla; la fièvre de sa mère augmentait depuis quelques heures; mais vers le matin elle tomba et la fermière s'endormit d'un profond sommeil, la main de sa fille serrée dans les siennes.

La petite fille s'assit sans mouvement, n'osant presque respirer, de peur de la troubler. La veilleuse, qui se trouvait à côté du lit, était presque consumée, Suzanne eut peur que l'odeur désagréable ne réveillât sa mère et dégageant doucement sa main, elle alla, sur la pointe des pieds, éteindre la lumière.

Tout était silencieux. La clarté du matin commençait à se répandre sur les objets, le soleil se levait lentement et Suzanne se tenait à la fenêtre, regardant ce splendide spectacle. Quelques oiseaux commençaient à gazouiller; mais elle ne les écoutait pas. Sa mère, s'agitait dans son sommeil et parlait d'une façon inintelligible. Suzanne plaça un tablier devant la fenêtre pour arrêter la lumière, et en ce moment elle entendit le son d'une musique éloignée dans le village. Comme le son se rapprochait, elle reconnut que c'était la flûte de Philippe et le tambour. Elle distinguait les voix joyeuses de ses compagnons, chantant en l'honneur du Mai, et bientôt elle les vit venir vers la chaumière de son père portant des branches et des guirlandes dans leurs mains. Elle ouvrit vivement, mais gentiment le loquet de la porte et sortit à leur rencontre.

— La voici, voici Suzanne! criaient-ils joyeusement, Voici la reine du Mai!

— Et voici sa couronne! cria Rose s'avançant vivement.

Mais Suzanne mit un doigt sur ses lèvres et montra la fenêtre de sa mère. La flûte de Philippe s'arrêta à l'instant.

— Je vous remercie, dit Suzanne; ma mère est malade, je ne puis la quitter, vous comprenez. Alors repoussant gentiment la couronne, ses compagnes lui demandèrent de dire qui la porterait pour elle.

— Acceptez, vous, chère Rose? dit-elle, plaçant la guirlande sur la tête de son amie. C'est un charmant matin de mai, ajouta-t-elle avec un sourire. Adieu. Ma mère n'entendra plus vos voix ou votre flûte quand vous aurez tourné le coin dans le village. Ainsi, il n'est besoin d'arrêter que jusque-là, Philippe.

— J'arrêterai toute la journée, dit Philippe, je n'ai pas envie de jouer davantage.

— Adieu, pauvre Suzanne, c'est un malheur que vous ne puissiez pas venir avec nous, dirent tous les enfants; et petite Marie courut jusqu'à la porte de la chaumière.

— J'oubliais de vous remercier, dit-elle, pour les primevères doubles. Regardez comme elles sont jolies; sentez les violettes que j'ai cueillies, et embrassez-moi vite, car je resterais en arrière.

La jeune fille raccommodait en toute hâte le linge de son père.

Suzanne embrassa la petite fille et retourna doucement à côté du lit de sa mère malade.

— Comme cette enfant m'est reconnaissante, rien que pour des fleurs. Comment serais-je assez reconnaissante envers une telle mère? se dit Suzanne, en considérant la pâleur de la dormeuse.

Le tricot de la mère restait inachevé sur une table

à côté du lit; Suzanne s'assit dans son fauteuil d'osier et continua le travail qui avait été commencé la veille au soir.

Elle m'a enseigné à tricoter, elle m'a montré tout ce que je sais, pensa Suzanne, et, ce qui vaut mieux, elle m'a appris à l'aimer et à désirer de lui ressembler.

La mère, quand elle s'éveilla, se sentit reposée par son sommeil tranquille, et observa que la matinée paraissait délicieuse. Elle avait rêvé qu'elle entendait une musique, mais le tambour l'avait effrayée, pensant que c'était le signal du départ de son mari, qu'un régiment de soldats emmenait, baïonnettes au canon. « Mais ce n'était qu'un songe, Suzanne, dit-elle; je m'éveillai et je vis que c'était faux; depuis, j'ai dormi profondément. »

Qu'il est pénible de se réveiller au souvenir de l'infortune? Cette pauvre femme rassembla ses idées confuses, et elle se rappela graduellement les circonstances de la soirée précédente. Elle était trop certaine qu'elle avait entendu des lèvres de son mari les mots : « Il faut que je vous quitte dans trois jours », et elle aurait voulu dormir encore et penser que tout cela était un songe.

— Mais il lui faut... il lui faut bien des choses, dit-elle, se soulevant tout d'un coup, je dois lui préparer son linge. J'ai peur qu'il ne soit trop tard. Suzanne, pourquoi me laissez-vous couchée si longtemps?

— Tout sera prêt, chère mère, ne vous troublez pas.

A la vérité, la malade était peu capable de se lever et de se donner aucun souci ce jour-là.

Une grande activité était donc nécessaire de la part de Suzanne.

La jeune fille raccommodait en toute hâte le linge de son père, quand Rose frappa doucement à la fenêtre. Suzanne lui dit d'entrer.

— Comment se trouve votre mère, d'abord, dit Rose.

— Mieux, je vous remercie.

— C'est bien, et j'ai quelques bonnes nouvelles pour vous, dit-elle, sortant un gant dans lequel il y avait de l'argent; nous pourrons reprendre la pintade; nous sommes tous d'accord. C'est l'argent qui nous a été donné dans le village, ce matin de mai; à toutes les portes, on donnait quelque chose. Voyez comme on a été généreux. 15 francs, le compte y est. Nous pourrons aller trouver Mlle Barbara. Ne quittez pas votre maison; je ferai moi-même la démarche, et vous verrez votre poule dans dix minutes.

Rose s'empressa, contente de sa commission, et prompte à l'accomplir.

CHAPITRE III

LES NÉGOCIATIONS DE ROSE

La première personne que Rose rencontra en entrant dans la maison de l'homme d'affaires, fut Betty, la servante de Mlle Barbara.

Rose insista pour voir Mlle Case elle-même, et elle fut introduite dans un salon où la jeune demoiselle lisait un roman qu'elle mit vivement sous un tas de paperasses.

— Chère, comme vous m'avez surprise? Ce n'est que vous? dit-elle à sa servante; mais aussitôt qu'elle vit Rose derrière la fille, elle prit un air dédaigneux.

— Ne pouviez-vous dire que je n'étais pas à la maison, Betty? Eh bien! ma bonne fille, qu'apportez-vous ici? Quelque chose à emprunter ou à demander, je suppose?

Puisse tout ambassadeur — tout ambassadeur dans une aussi bonne cause, — répondre avec autant de dignité et de modération que Rose en usa en cette occasion.

Elle assura que la personne pour qui elle venait ne l'envoyait ni emprunter ni mendier, qu'elle pouvait payer la bonne valeur de ce qu'elle venait demander, et, produisant sa bourse bien remplie :

— Je crois que j'ai de très bonnes pièces, dit-elle; si elles ne vous plaisent pas, j'en changerai. Et, maintenant, vous serez assez bonne de me donner la pintade de Suzanne; c'est en son nom que je la demande.

— N'importe en quel nom vous venez, répliqua Barbara, vous ne l'aurez pas. Enlevez votre pièce, s'il vous plaît. J'aurais pris un franc hier si on me l'avait offert en temps convenable. Mais j'ai dit à Suzanne que si elle ne payait pas sur-le-champ, je garderais sa pintade, et ainsi ferai-je, je l'ai promis. Vous pouvez retourner et le lui dire.

La fille de l'homme d'affaires avait, tandis que Rose ouvrait cette négociation, mesuré la profondeur de la bourse avec un œil perçant, et sa pénétration découvrit qu'elle contenait au moins 16 francs. Avec de l'habileté, elle espérait que la poule lui rapporterait au moins la moitié de cette somme.

Rose, qui était d'un caractère très vif, n'était pas tout à fait l'adversaire qu'il aurait fallu pour la rusée Barbara. Sans précaution elle s'écria :

— Coûte que coûte, nous sommes déterminés à avoir la favorite de Suzanne. Si un franc ne suffit pas, prenez-en deux, et si deux ne suffisent pas, eh bien! prenez-en trois.

Trois pièces de un franc sonnèrent sur la table,

comme elle les jetait l'une après l'autre, et Barbara répliqua froidement : — Cela ne suffit pas.

— N'avez-vous pas de conscience, Mlle Barbara, alors prenez-en quatre.

Barbara secoua la tête; une cinquième fut offerte, mais la jeune fille qui voyait pleinement qu'elle avait les atouts dans ses mains garda un silence glacial.

Rose offrait un franc après l'autre jusqu'à ce qu'elle eut complètement vidé sa bourse.

Les 15 francs étaient sur la table. L'avarice de Barbara était touchée; elle consentit pour cette rançon à libérer la prisonnière.

Rose poussait la monnaie vers elle; mais, à ce moment, elle se rappela qu'elle agissait pour les autres plus que pour elle-même, et doutant si elle avait pleins pouvoirs de conclure un si extravagant marché, elle reprit le trésor public et, sa prudence retrouvée, elle observa qu'elle devait retourner consulter ses amis.

Ces généreux petits enfants furent étonnés de la bassesse de Barbara; mais d'un commun accord, ils déclarèrent qu'ils voulaient, pour leur part, abandonner leur argent jusqu'au dernier liard. Ils allèrent en corps vers Suzanne et lui firent part de leur résolution.

— Voilà votre bourse, dirent-ils, faites-en ce que vous voudrez.

Ils ne voulurent pas attendre un mot de remerciement et se sauvèrent, ne laissant que Rose pour s'arranger au sujet de la pintade.

Il y a une certaine manière d'accepter une faveur

qui montre la vraie générosité d'esprit. Beaucoup savent donner mais peu savent accepter un don.

Suzanne fut touchée mais non étonnée de la bonté de ses jeunes amis, et elle reçut la bourse avec autant de simplicité qu'elle l'aurait donnée.

— Eh bien! dit Rose, retournerai-je pour la pintade?

— La pintade? dit Suzanne, sortant d'une rêverie dans laquelle elle était tombée, en contemplant la bourse. Certainement il me tarde de la voir une fois de plus; mais ce n'est pas à elle que je pensais en ce moment, c'est à mon père.

Dans le cours de la journée, Suzanne avait souvent entendu sa mère exprimer le désir d'avoir assez d'argent pour payer Joseph Simpson et le décider à remplacer son mari dans la milice. « Ceci n'est certainement qu'un petit commencement, pensa Suzanne, mais pourtant cela peut-être de quelque utilité à mon père. » Elle le dit à Rose et conclut décidément que si l'argent lui était donné pour en disposer comme elle voudrait, elle le donnerait à son père.

— Il vous appartient, ma bonne Suzanne, dit Rose avec un regard de vive approbation; faites comme vous voudrez. Mais je suis fâchée que Barbe puisse garder votre pintade. Je réponds que ce n'est pas cela qui la rendra heureuse, et que vous le serez sans cela, parce que vous êtes bonne. Je viendrai vous aider demain, continua-t-elle, regardant l'ouvrage de Suzanne.

Celle-ci assura son amie qu'elle ne mettait pas en doute ses capacités, et qu'elle accepterait volontiers ses services, mais qu'elle avait fini tout le travail d'aiguille qui était immédiatement nécessaire.

— Mais vous savez, dit-elle, j'aurai beaucoup à faire demain, je ne vous dirai pas ce que c'est, car j'ai peur de ne pas réussir, mais si je réussis, je vous le dirai, parce que vous en serez contente.

Suzanne se mit au travail avec beaucoup de prudence.

Suzanne, qui avait toujours été attentive à ce que sa mère lui enseignait, et qui l'avait souvent aidée à faire le pain et les gâteaux pour la famille de *l'Abbaye*, avait formé le courageux, mais non présomptueux projet de faire une fournée de pain. Un des domestiques de *l'Abbaye* avait été envoyé faire une tournée dans le village, le matin, pour chercher du pain et n'avait pu s'en procurer de convenable. La dernière fournée de Mme Price avait manqué, faute de bonne levure, et elle n'était pas forte assez pour en essayer une autre. Quand le garçon du brasseur vint en hâte lui annoncer qu'il avait de bonne levure fraîche, elle le remercia, mais soupira, et dit que cela ne pouvait lui servir, car elle était trop faible pour travailler. Suzanne demanda modestement la permission de s'essayer la main et sa mère ne voulut pas la lui refuser. Elle se mit au travail avec beaucoup de prudence et de soin, et quand son pain sortit du four, il était excellent, au moins sa mère le lui dit, et elle savait en juger. Il fut envoyé à *l'Abbaye*, et comme les propriétaires n'avaient pas encore goûté de bon pain depuis leur arrivée dans le pays, ils furent très satisfaits. La femme de charge s'informa et apprit, non sans surprise, que cet excellent pain était fait par une petite fille de douze ans. Elle avait connu Suzanne tout enfant et était contente d'avoir une occasion de parler en sa faveur.

— C'est la plus industrieuse petite fille du monde, Madame, dit-elle à sa maîtresse; je l'appelle petite quoi qu'elle soit déjà grande; et je suis heureuse qu'elle soit devenue si jolie quoiqu'elle n'y fasse pas plus attention que je ne fais moi-même. Pourtant elle a beaucoup de respect pour elle-même, Madame, et je la vois toujours propre et avec sa mère, ou avec des gens convenables, comme doit faire une petite fille. Quant à sa mère, elle en est un peu fière, et vraiment elle peut l'être, et je le serais moi-même, si j'avais une fille moitié aussi gentille. Elle a aussi deux petits frères et elle est très bonne pour eux, et mon fils Philippe dit qu'elle leur a appris à lire plus que la maîtresse d'école, et avec tendresse et bon naturel. Je vous demande pardon, Madame, mais je ne puis m'arrêter quand je parle de Suzanne.

— Vous en avez réellement dit assez pour exciter ma curiosité, dit sa maîtresse; envoyez-là chercher immédiatement, nous pourrons la voir avant notre promenade.

La bienveillante femme de charge dépêcha son fils Philippe vers Suzanne. Celle-ci n'était jamais si malpropre qu'elle ne put obéir à cet appel sans une longue préparation. Elle avait été très occupée, sans doute; mais ceux qui ont de l'ordre peuvent être occupés et propres en même temps. Elle mit son chapeau de paille et accompagna la mère de Rose qui portait à *l'Abbaye* un panier de linge lessivé.

La modeste simplicité de la tenue de Suzanne, le bon sens des réponses qu'elle donna à toutes les questions qui lui furent faites plurent aux dames de *l'Abbaye*, qui étaient bons juges du caractère et des manières.

M. Arthur Somers avait deux sœurs, qui étaient des femmes sensibles et bienveillantes. Elles n'étaient pas de cette sorte de belles dames qui sont malheureuses du moment qu'elles viennent à la campagne; elles n'étaient pas non plus de celles qui veulent diriger tous leurs pauvres voisins, pour le seul besoin d'ordonner et de faire quelque chose. Elles étaient judicieusement généreuses et tout en désirant répandre le bonheur, elles n'exigeaient pas que les gens fussent heureux suivant leur propre manière. Avec ces dispositions et avec un frère bien informé qui ne voulait jamais diriger, mais était toujours disposé à les aider dans leurs efforts pour le bien, il y avait espoir que ces dames seraient une bénédiction pour les pauvres villageois parmi lesquels elles s'étaient fixées.

Aussitôt que Mlle Somers eut parlé à Suzanne, elle demanda où était son frère; mais M. Arthur était dans son cabinet et en affaires.

Suzanne désirait retourner près de sa mère, et les dames ne voulurent pas la retenir. Mlle Somers lui dit avec un sourire, quand elle prit congé, qu'elle viendrait la voir dans la soirée à six heures.

CHAPITRE IV

UNE VISITE DE BARBE

Il était impossible qu'un aussi grand événement que la visite de Suzanne à *l'Abbaye* put demeurer longtemps inconnue à Barbara et à sa bavarde servante.

Elles veillèrent avec soin le moment de son retour, afin de satisfaire leur curiosité.

— La voilà qui entre justement dans son jardin, dit Barbe, j'y vais et je saurai tout dans une minute.

Barbe pouvait descendre sans honte, lorsque cela convenait à ses projets, des hauteurs de l'insolent orgueil au plus bas degré d'une flatteuse familiarité.

Suzanne cueillait des soucis, et un peu de persil pour le bouillon de sa mère.

— Eh bien! Suzanne, dit Barbe, qui vint près d'elle avant qu'elle s'en aperçut, comment va-t-on chez vous aujourd'hui?

— Ma mère est un peu mieux aujourd'hui, Mademoiselle, je vous remercie, répondit Suzanne, froidement, mais poliment.

— Mademoiselle! chère! Comme vous êtes devenue polie tout d'un coup! cria Barbe, faisant signe à sa servante. On voit bien que vous avez été en bonne compagnie ce matin. Eh! Suzanne, voyons, dites-nous ce qui s'est passé.

— Avez-vous vu les dames elles-mêmes, ou vous a-t-on seulement envoyé la femme de charge? dit la servante.

— Dans quelle chambre êtes-vous allée? continua Barbe. Avez-vous vu Mlle Somers ou M. Arthur.

— Mlle Somers.

— Là! elle a vu Mlle Somers! Betty, il faut savoir cela. Ne pouvez-vous arrêter de cueillir ces fleurs pendant une minute et babiller un peu avec nous, Suzanne?

— Je ne puis, en vérité, m'arrêter, Mademoiselle Barbara, car ma mère a besoin de son bouillon, et je suis pressée.

Suzanne courut à la maison.

— Seigneur! sa tête est pleine de bouillon maintenant, dit Barbe à sa servante, et elle ne parle pas d'elle-même quoiqu'elle ait été à *l'Abbaye*. Mon père peut bien l'appeler la *simple* Suzanne; car *simple* elle est, et *simple* elle sera toujours. Pour ma part, je pense qu'elle est un peu plus qu'une véritable innocente; mais, *simple* ou non, je saurai ce que je désire apprendre d'elle. Elle pourra parler peut-être, quand elle aura arrangé la grande affaire du bouillon; j'entrerai et je demanderai à voir sa mère; cela la mettra de bonne humeur en un instant.

Barbara suivit Suzanne dans la chaumière et la trouva occupée à la grande affaire du bouillon.

Le bouillon est-il prêt? dit Barbe.

— Est-il prêt? dit Barbe, regardant dans le pot qui était sur le feu. Chère! Comme il sent bon! J'attendrai jusqu'à ce que vous alliez le porter à votre mère, car je veux lui demander moi-même comment elle se trouve.

— Vous plaît-il de vous asseoir, alors? dit la *simple* Suzanne avec un sourire, car à cet instant, elle oubliait la pintade. Je viens de mettre le persil et ce sera bientôt prêt.

Barbe profita de ce moment pour questionner Suzanne. A la vérité, elle regretta beaucoup de ne pouvoir apprendre exactement comment chacune des dames était habillée et ce qu'il y avait pour dîner à *l'Abbaye;* elle était curieuse outre mesure, de savoir ce que Mme Somers voulait dire en promettant qu'elle visiterait la chaumière de M. Price à six heures du soir. Que pensez-vous qu'elle voulait dire?

— Je pense qu'elle voulait dire ce qu'elle disait, répliqua Suzanne; qu'elle viendrait ici à six heures.

— Oui, c'est aussi clair qu'un bois de lance, dit Barbara. Que voulait-elle dire, pensez-vous? Les gens, vous le savez, ne veulent pas toujours dire exactement ni plus ni moins qu'ils disent.

— Pas toujours, dit Suzanne avec un demi-sourire qui convainquit Barbe qu'elle n'était pas tout à fait une innocente.

— Pas toujours, répéta Barbe en rougissant. Oh! alors, je suppose que vous avez quelque idée de ce que Mlle Somers voulait dire.

— Non, dit Suzanne; je ne pensais pas à Mlle Somers lorsque j'ai dit : pas toujours.

— Comme ce bouillon paraît bon, reprit Barbara, après une pause.

Suzanne avait versé le bouillon dans un bol, et il paraissait très agréable. Elle le goûta et ajouta un peu de sel, jusqu'à ce qu'elle le crût au goût de sa mère.

— Oh! il faut que je le goûte, dit Barbe, prenant le bol avec gloutonnerie.

— Ne prendrez-vous pas une cuiller, dit Suzanne, tremblant à la large bouchée que Barbara prenait à grand bruit.

— Prenez une cuiller, vraiment! dit Barbara, replaçant le bol avec grande colère. La première fois que je goûterai votre bouillon, vous me ferez affront, si vous l'osez; la première fois que je remettrai les pieds dans cette maison, vous serez aussi impertinente envers moi qu'il vous plaira. *Prends une cuiller, cochon!* voilà ce que vous vouliez dire.

Suzanne était immobile d'étonnement à cette extravagante sortie; mais les mots de la fin lui expliquaient le mystère.

Quelques années avant ce temps, lorsque Suzanne n'était qu'une petite fille et pouvait à peine parler, comme elle mangeait un bol de pain et de lait pour son souper, à la porte de la chaumière, un grand porc vint et mit son nez dans le bol. Suzanne voulait bien qu'il eut part au pain et au lait; mais, comme elle mangeait avec une cuiller et lui avec son large groin, elle découvrit aussitôt qu'il aurait plus que sa part, et, d'un ton de prière, elle lui dit : « Prends une cuiller, cochon. »

Ce mot devint un proverbe dans le village. Les petites compagnes de Suzanne le répétèrent et l'appliquèrent en beaucoup d'occasions, toutes les fois que l'une réclamait plus que sa part de quelque chose. Barbara, qui n'était pas alors Mlle Barbara, mais seulement Barbe, et qui jouait avec tous les pauvres enfants du voisinage, était souvent repoussée dans ses injustes méthodes de partage par le proverbe de Suzanne. Quand celle-ci devint grande, elle oublia cette phrase de son enfance. mais le souvenir en resta dans l'esprit de Barbara. et elle suspectait Suzanne d'y avoir fait allusion, lorsqu'elle lui recommandait une cuiller tandis qu'elle savourait le bouillon.

— Là! Mademoiselle, dit la servante, quand elle trouva sa maîtresse fortement en colère à son retour de chez Suzanne, je m'étonnais aussi que vous lui fassiez l'honneur de mettre les pieds chez elle. Qu'aviez-vous besoin de vous tourmenter pour des nouvelles des habitants de *l'Abbaye*, puisque votre père y a été toute la matinée, qu'il vient d'arriver à l'instant et peut vous rendre compte de tout.

CHAPITRE V

LES DÉCONVENUES DE M. CASE

Barbara n'avait pas su que son père allait à *l'Abbaye* ce matin, car M. Case était mystérieux, même envers sa propre famille, au sujet de ses courses du matin. Il n'aimait pas qu'on lui demandât où il allait ni où il avait été, et cela rendait ses domestiques plus désireux de l'espionner.

Il n'était pas suffisamment sur ses gardes contre l'apparent enfantillage et la ruse réelle de Barbara, qui, souvent, arrivait à tirer de lui adroitement le secret de ses visites.

Elle courut dans le cabinet de son père, mais elle vit sur sa figure que ce n'était pas le moment de l'interroger. Il avait sa plume dans sa bouche; sa perruque brune était tournée de côté sur son front plissé. Barbara, qui ne supportait pas comme Suzanne, à force d'affection et de bonne disposition, la mauvaise humeur de son père, essaya toute son habileté pour sonder ses pensées, et, quand elle vit qu'elle ne réussissait pas, elle retourna à Betty pour se plaindre que son père était si contrariant, qu'il n'y avait pas moyen de le supporter.

Il est vrai que M. Case n'était pas dans la meilleure disposition possible, car il n'était aucunement satisfait de son travail du matin à *l'Abbaye*. M. Arthur Somers, le nouveau propriétaire, ne lui convenait pas et il commençait à croire qu'il ne lui conviendrait pas non plus. Il avait de fortes raisons de douter.

M. Arthur Somers était un excellent légiste et un parfait honnête homme. Cela semblait à notre homme d'affaires des termes contradictoires. M. Arthur était un homme d'esprit, éloquent et pourtant plein de bons procédés et d'humanité. L'homme d'affaires ne pouvait se persuader que cette bienveillance était autre chose qu'une ruse atténuée; et, quant aux bons procédés, tantôt il les craignait comme le comble de l'artifice, tantôt il les méprisait comme un caractère de la folie. Bref, il n'avait pas encore décidé si c'était un honnête homme ou un coquin. Il avait arrêté avec lui les comptes de la dernière année; il avait parlé avec lui de diverses matières d'affaires, et il s'était constamment aperçu qu'il ne pouvait pas en imposer à M. Arthur. Mais que celui-ci pût connaître tous les détours de la loi et leur préférer le droit chemin, cela lui paraissait incompréhensible.

M. Case lui fit quelques compliments sur son talent de légiste et sa haute réputation au barreau.

— J'ai quitté le barreau, répondit froidement M. Arthur.

L'homme d'affaires parût vraiment étonné qu'un homme qui pouvait faire 75 000 francs par an au barreau, l'eut abandonné.

— Je suis venu, dit-il, jouir de la vie de famille que je préfère à tout autre, parmi des gens dont j'espère accroître le bonheur.

A ce discours, l'agent changea de terrain, se flattant qu'il trouverait dans son homme l'aversion des affaires et l'ignorance des choses de la campagne. Il parla de la valeur de la terre et des baux à renouveler.

M. Arthur désirait augmenter son domaine et faire un chemin autour. Une carte de la propriété était sur la table. Le jardin du fermier Price était exactement en travers du chemin projeté. M. Arthur paraissait désappointé, et le rusé agent saisit le moment pour l'informer que la terre tout entière de Price était à sa disposition.

— A ma disposition! Comment cela? s'écria vivement M. Arthur. Le bail ne finira, je crois, que dans dix ans! Je regarderai de nouveau le rôle des fermages. Je me trompe peut-être.

— Vous vous trompez, mon bon Monsieur, et vous ne vous trompez pas, dit M. Case avec un malin sourire: la terre ne sera hors de bail que dans dix ans, dans un sens, et dans un autre sens, elle l'est maintenant. Pour venir tout de suite au point, ce bail est *ab origine* nul et de nulle valeur. J'y ai trouvé un vice capital. Je donne ma parole. Monsieur, qu'il ne peut durer un seul terme ni en loi ni en équité.

L'homme d'affaires observa qu'à ces mots l'œil de M. Arthur était fixé avec un regard de vive attention. « Maintenant, je le tiens! » dit le rusé tentateur en lui-même.

— Ni en loi ni en équité? répéta M. Arthur avec une apparente incrédulité; êtes-vous sûr de cela, Monsieur Case?

— Sûr! Comme je vous le disais, Monsieur, j'en donne ma parole, j'engagerai mon existence!

— *C'est quelque chose*, dit M. Arthur, comme s'il réfléchissait sur la matière.

L'homme d'affaires continua avec toute la promptitude d'un homme vif qui voit tout d'un coup une chance de gagner un ami riche et de ruiner un ennemi pauvre. Il expliqua avec une volubilité légale et des amplifications techniques la nature du défaut dans le bail de M. Price.

— C'était, Monsieur, dit-il, un bail pour la vie de Pierre Price, Suzanne Price sa femme, ou le survivant, ou leurs descendants, ou pour le terme exact de vingt années, à compter du 1er mai suivant. Maintenant, Monsieur, vous voyez, c'est un bail avec réversion que le défunt M. Benjamin Somers n'avait pas le droit de faire. C'est une curieuse méprise, vous voyez, et en remplissant ces baux imprimés, il y a toujours une chance de quelque vice de forme. Je trouve cela perpétuellement, mais je n'avais pas encore trouvé mieux dans le cours de ma pratique.

M. Arthur se tenait silencieux.

— Mon cher Monsieur, dit l'homme d'affaires, le prenant par le bouton, vous n'avez pas de scrupule à avoir pour cette affaire.

— Un peu, dit M. Arthur.

— Eh bien! alors, cela peut être enlevé en un moment. Votre nom ne paraîtra pas du tout : vous n'avez rien à faire qu'à me remettre le bail. J'arrangerai tout moi-même. Une fois que je l'aurai, j'avancerai de ma propre personne. Dois-je continuer?

— Non, vous avez dit assez, répliqua M. Arthur.

— Le cas, en vérité, tient dans une coquille de noix, dit l'agent qui s'était à ce moment engagé dans un tel enthousiasme professionnel, dans sa prétendue vision d'une poursuite légale, qu'il oubliait totalement d'observer l'effet de ses paroles sur M. Arthur.

— Il y a une chose que nous oublions en ce moment, dit M. Arthur.

— Laquelle, Monsieur?

— Que nous ruinerons ce pauvre homme.

Case fut foudroyé par ces paroles ou plutôt par le regard qui les accompagnait. Il se rappela qu'il s'était laissé entraîner avant d'être certain du caractère réel de M. Arthur.

Il s'adoucit et dit qu'il aurait certainement plus de considération pour tout autre, que pour un chicaneur entêté comme il connaissait Price.

— S'il est chicaneur, dit M. Arthur, je serai certainement heureux de le faire partir de la commune le plus tôt possible. Quand vous irez chez vous, vous serez assez bon, Monsieur, de m'envoyer ce bail, afin que je puisse l'examiner moi-même avant d'entreprendre l'affaire.

L'homme d'affaires, épanoui, se prépara à prendre congé; mais il ne pouvait se persuader de partir sans

A moi-même, Monsieur, répliqua M. Arthur.

faire une tentative près de M. Arthur, au sujet de l'agence.

— Je ne vous troublerai pas, M. Arthur, avec ce bail de Price, dit-il, je le porterai à votre agent. A qui dois-je m'adresser?

— A moi-même, Monsieur, s'il vous plaît, répliqua M. Arthur.

Les courtisans de Louis XIV ne doivent pas avoir paru plus étonnés que notre homme d'affaires, quand ils reçurent de leur monarque une semblable réponse.

C'était cette réplique inattendue de M. Arthur qui avait dérangé l'humeur de M. Case et était cause que sa perruque allait de travers sur son front, ce qui le rendait impénétrable et silencieux vis-à-vis de sa fille. Après avoir marché longtemps en long et en large dans sa chambre, se parlant à lui-même, il conclut que l'agence devrait être donnée à quelqu'un quand M. Arthur irait occuper son siège au Parlement; que l'agence, même pour la saison d'hiver, n'était pas à négliger, et que s'il s'y prenait bien, il pouvait encore se l'assurer. Il avait souvent trouvé que de petits présents faits à propos agissaient merveilleusement sur sa propre dét:rmination et il jugeait des autres par lui-même. Les fermiers avaient eu pour constante pratique de lui faire de petites offrandes, et il résolut d'employer le même moyen avec M. Arthur, dont la résolution d'être son propre agent, indiquait, pensait-il, les dispositions étroites et avares.

CHAPITRE VI

M. CASE EN QUÊTE D'UN AGNEAU

M. Case avait entendu la femme de charge de *l'Abbaye* s'informer, comme il passait à travers la salle des domestiques, où on pourrait se procurer un agneau. Elle avait dit que M. Arthur en était fort amateur et qu'elle désirait en avoir un quartier pour lui.

Immédiatement, il courut à sa cuisine, aussitôt que l'idée l'eut frappé et demanda à un berger qui se trouvait là, s'il savait où il y avait dans le voisinage un bel agneau gras.

— J'en connais un, dit Barbara. Suzanne Price a un agneau favori, aussi gras que possible.

M. Case saisit vivement ces paroles, et calcula vivement un plan pour obtenir gratuitement l'agneau de Suzanne.

Ce serait quelque chose d'étrange si un homme d'affaires rusé, comme il l'était, n'avait été un adversaire supérieur pour la simple Suzanne. Il rôdait en quête de sa proie. Il trouva Suzanne qui empaquetait les effets de son père, et comme elle était agenouillée, il vit qu'elle avait pleuré.

— Comment va votre mère aujourd'hui? Suzanne.

— Plus mal, Monsieur, mon père part demain.

— C'est un malheur.

— Il n'y a rien à y faire, dit Suzanne avec un soupir.

— Il n'y a rien à faire, qui peut savoir cela? dit-il.

— Monsieur! cher Monsieur! s'écria-t-elle, en le regardant, et un soudain rayon d'espérance brilla sur son visage ingénu.

— Et si vous pouviez espérer? Suzanne.

Suzanne joignit ses mains dans un silence plus expressif que des paroles.

— Vous pouvez espérer cela, Suzanne.

Elle se releva, en extase.

— Que donneriez-vous, maintenant, pour garder votre père à la maison une semaine de plus?

— Tout, mais je n'ai rien.

— Oui, mais vous avez un agneau, dit l'homme d'affaires au cœur endurci.

— Mon pauvre petit agneau! dit Suzanne, mais quel bien peut-il faire?

— Quel bien peut faire un agneau? mais un agneau est bon à manger. Pourquoi devenez-vous si pâle? Ne tue-t-on pas des moutons chaque jour? Et ne mangez-vous pas de mouton? Croyez-vous que votre agneau vaut mieux qu'un autre?

— Je ne sais pas, mais je l'aime mieux.

— Plus folle vous êtes.

— Je le nourris de ma main. Il me suit partout, j'ai toujours pris soin de lui; ma mère me l'a donné.

— Eh bien! n'en parlons plus. Si vous aimez votre

M. Price trouva Suzanne qui empaquetait les effets de son père.

agneau mieux que votre père et votre mère, gardez-le et bien le bonjour.

— Arrêtez! arrêtez! cria Suzanne, saisissant le pan de son habit d'une main tremblante. « Une semaine entière, dites-vous? Ma mère peut aller mieux d'ici là. Non, je n'aime pas autant mon agneau. »

Le combat de son esprit cessa et avec une contenance paisible et une voix calme :

— Prenez mon agneau, dit-elle.

— Où est-il? dit l'homme d'affaires.

— Au pâturage dans le pré, à côté de la rivière.

— Rappelez-vous qu'il doit être amené avant la nuit chez le boucher.

— Je ne l'oublierai pas, dit vivement Suzanne.

Mais aussitôt que son persécuteur eut tourné le dos et quitté la maison, elle s'assit et cacha son visage dans ses mains. Elle fut bientôt réclamée par la faible voix de sa mère qui l'appelait de la chambre où elle était couchée. Suzanne entra; mais en approchant du lit, elle ne tira pas le rideau.

— Êtes-vous là, mon amour? Tirez le rideau que je puisse vous voir et dites-moi : je pense que j'ai entendu une voix étrangère qui vous parlait à l'instant. Quelque chose va mal, Suzanne, dit la mère, se soulevant autant qu'elle le pouvait pour examiner la contenance de sa fille.

— Pensez-vous que ce serait un mal, ma chère mère, dit Suzanne, s'arrêtant pour l'embrasser, si mon père pouvait rester une semaine de plus avec nous?

— Suzanne, est-ce vous qui dites cela?

— En vérité; et une semaine entière. Mais comme votre main brûle encore.

— Êtes-vous sûre qu'il restera? Comment le savez-vous? Qui vous l'a dit? Dites-moi tout. Vite!

— M. Case me l'a dit. Il peut lui faire donner un congé d'absence pour une semaine, et il a promis de le faire.

— Dieu le bénisse pour toujours! dit la pauvre femme, joignant les mains.

Suzanne ferma les rideaux et demeura silencieuse.

Elle fut appelée hors de la chambre à ce moment; un messager était venu de *l'Abbaye* pour demander la note du pain. C'était elle qui s'acquittait toujours de ce soin; quoiqu'elle n'eût pas eu un grand nombre de leçons du maître d'écriture, elle avait pris tant de peine à apprendre qu'elle pouvait écrire d'une façon très lisible et très nette, et cela lui était très utile. Elle n'était pas, il est vrai, bien disposée à arranger une longue facture en ce moment, mais les affaires doivent être faites. Elle se mit à l'ouvrage, régla ses lignes pour les francs et les centimes, termina ses notes pour *l'Abbaye* et renvoya l'impatient messager. Alors elle résolut de préparer les notes pour ceux qui avaient pris du pain de sa fournée. « Il vaut mieux que toute mon affaire soit finie, se dit-elle, avant que j'aille au pré prendre congé de mon agneau ».

La table était toute couverte de morceaux de papier sur lesquels elle avait écrit les notes, quand son père entra une facture à la main.

— Comment va ceci, Suzanne? dit-il. Comment n'avez-vous pas plus de soin, enfant? A quoi pensez-vous? Voyez ce billet que vous avez envoyé à *l'Abbaye!* J'ai rencontré le messager et heureusement j'ai demandé à voir combien cela faisait. Voyez!

Suzanne regarda et rougit. Il y avait écrit : « M. Arthur Somers à Jean Price, six douzaines d'agneaux.

Elle corrigea cela et le rendit à son père; mais il

avait pris quelques-uns des papiers posés sur la table.

— Que sont ceux-ci, enfant?

— Quelques-uns sont mauvais; je les ai mal écrits, dit Suzanne.

— Quelques-uns! Tous, je pense, paraissent mal

Quelques-uns sont mauvais, je les ai mal écrits, dit Suzanne.

faits, si je sais lire, dit le père, un peu fâché, et il lui montra ses étranges méprises.

Sa tête, en vérité, n'avait pensé qu'au pauvre agneau. Elle corrigea toutes les erreurs avec tant de patience et supporta le blâme avec tant de bonne humeur, que son père dit enfin qu'il était impossible de la réprimander.

Aussitôt que tout fut arrangé, il prit les factures et

dit qu'il ferait la tournée chez les voisins pour assembler l'argent lui-même; mais c'est qu'il était fier de pouvoir dire que cela avait été gagné par sa chère petite fille.

Suzanne résolut de garder le plaisir de lui parler du répit d'une semaine quand il viendrait souper, comme il l'avait promis, dans la chambre de sa mère. Elle n'était pas fâchée de l'entendre soupirer en passant près du hâvre-sac où elle avait empaqueté les effets pour son voyage.

— Comme il sera content quand il entendra les bonnes nouvelles, se dit-elle mais je sais qu'il aura un peu de chagrin pour mon pauvre agneau.

Comme elle avait arrangé toutes ses affaires, elle pensa qu'elle aurait assez de temps pour aller dans le pré, à côté de la rivière, voir son favori; mais comme elle finissait de lier son chapeau, l'horloge du village sonna quatre heures; c'était le moment où elle allait reprendre ses frères à une école du voisinage, elle savait qu'ils seraient désappointés si elle était en retard, et elle n'aimait pas les faire attendre, parce que c'étaient des garçons bons et patients. Elle remit sa visite à son agneau et alla chercher ses frères.

CHAPITRE VII

LE VIEUX JOUEUR DE HARPE

L'école qui était à un bon quart d'heure du hameau n'était pas une maison splendide; mais elle était aussi aimée par les jeunes écoliers du village que si elle avait été le plus bel édifice du monde. C'était un long bâtiment dont le toit de chaume était fort bas, abrité par quelques vieux chênes sous lesquels beaucoup de générations d'enfants avaient joué tour à tour. La cour, pleine d'une herbe rase qui allait de la porte extérieure à la salle de classe, était entourée d'une palissade assez grossière qui, quoique détruite en plusieurs endroits, n'était nulle part brisée par la violence. Tout y respirait l'ordre et la paix. La maîtresse était bien obéie parce qu'elle était juste; elle était bien aimée parce qu'elle était heureuse de décerner une louange bien gagnée ou de faire un plaisir à ses petits écoliers.

Suzanne avait été autrefois sous sa domination pacifique et avait été son écolière favorite. La maîtresse la citait souvent comme le meilleur exemple à la division des plus jeunes.

Suzanne avait à peine ouvert la barrière qui séparait la cour de l'école de la ruelle voisine qu'elle entendit les voix joyeuses des enfants et vit la petite troupe sortant de la classe et se répandant sur le gazon.

— Oh! notre Suzanne! crièrent les deux petits garçons, courant, sautant et bondissant autour d'elle. Et beaucoup d'autres petites filles et de garçons l'entouraient pour lui parler de leurs jeux, car Suzanne était facilement intéressée à tout ce qui rendait les autres heureux; mais elle ne pouvait leur faire comprendre que s'ils parlaient tous à la fois, il lui était impossible de saisir ce qu'ils disaient. Les voix s'élevaient encore l'une au-dessus de l'autre, empressées d'établir quelque importante observation sur les quilles, les billes, les toupies, les arcs ou les flèches, quand soudain une musique se fit entendre, une musique inaccoutumée, et la foule se tut. La musique semblait proche de l'endroit où les enfants se tenaient et ils regardaient tout autour pour voir d'où cela venait.

Suzanne montra le grand chêne, et ils aperçurent, assis sous son ombre, un vieillard jouant de la harpe. Les enfants s'approchèrent tous, d'abord timidement, car les sons étaient graves; mais le harpiste, entendant leurs petits pas s'approcher vers lui, changea l'air et en joua un autre très animé. Le cercle se forma et se pressa de plus en plus autour de lui. Quelques-uns, qui étaient dans la rangée intérieure, se chuchotaient l'un à l'autre : « Il est aveugle; quelle pitié! » — « Il paraît très pauvre, comme son habit est en lambeaux! » disaient d'autres. « Il doit être vieux, car ses cheveux sont tout blancs; et il doit avoir voyagé beaucoup, car ses souliers sont tout à fait usés », observait un autre.

Ils faisaient toutes ces remarques pendant que l'aveugle accordait sa harpe; car, lorsqu'une fois il avait commencé à jouer, pas un mot n'était proféré. Il semblait heureux de ces exclamations de joie et de plaisir, et, empressé à amuser ses jeunes auditeurs, il jouait un air tantôt gai, tantôt pathétique, pour se mettre à la portée de tous ses auditeurs.

La douce et agréable voix de Suzanne fut remarquée du vieillard, dès qu'elle se fit entendre. Il tourna vivement la figure du côté où se tenait la bonne jeune fille et on put observer que toutes les fois qu'elle approuvait un air, il le jouait une seconde fois.

— Je suis aveugle, dit le vieillard, et ne peux voir vos visages, mais je vous distingue tous et je peux bien témoigner de vos humeurs ou de votre caractère par le son de vos voix.

— Vous le pouvez, vraiment? dit Guillaume, le petit frère de Suzanne, qui s'était tenu entre les genoux du vieillard, alors vous entendez ma sœur Suzanne parler en ce moment. Pouvez-vous me dire quelle sorte de personne elle est?

— Je crois que je peux le dire sans être sorcier, dit le vieillard, votre sœur Suzanne est un bon naturel.

L'enfant battit des mains.

— Et un bon caractère.

— Tout juste, dit le petit Guillaume, applaudissant bien fort.

— Et qui aime beaucoup le petit garçon assis sur ses genoux.

— Oh! parfait! s'écria l'enfant.

— Tout à fait juste, crièrent-ils tous.

— Mais comment pouvez-vous savoir tout cela, puisque vous êtes aveugle, dit Guillaume, examinant le vieillard attentivement.

— Bon! dit Jean, qui était un an plus âgé que son frère, et très sage, on ne voudrait pas croire que vous êtes aveugle.

— Quoique je sois aveugle, dit le harpiste, je puis entendre, vous savez, et j'entendis de votre sœur elle-même tout ce que je dis d'elle; qu'elle avait un bon caractère et un bon naturel, et qu'elle vous aimait beaucoup.

— Oh! c'est faux, vous n'avez pu entendre cela d'elle-même, j'en suis sûr, dit Jean, car personne ne l'entend se louer d'elle-même.

— Ne lui ai-je pas entendu dire, quand vous êtes arrivés autour de moi, qu'elle était très pressée à la maison, mais qu'elle s'arrêterait un moment, puisque vous le désiriez tant? N'est-ce pas d'un bon naturel? Et quand vous avez dit que vous n'aimiez pas l'air qu'elle préférait, elle ne fut pas fâchée contre vous, mais elle dit : « Jouez d'abord l'air de Guillaume, s'il vous plaît? » N'est-ce pas d'un bon caractère?

— Oh! interrompit Guillaume, c'est bien vrai; mais comment avez-vous découvert qu'elle m'aime beaucoup?

— C'est une question plus difficile, dit le joueur de harpe, et il faut le temps d'y réfléchir.

Il accorda sa harpe tout en réfléchissant ou semblant réfléchir. A cet instant, deux garçons, qui venaient de chercher des nids d'oiseaux dans les haies et qui avaient entendu le son de la harpe, vinrent en criant et se poussant à travers le cercle, et l'un d'eux s'écria :

— Qu'y a-t-il ici? Qui êtes-vous? mon vieux. Un harpiste aveugle? Eh bien, jouez-moi un air, si vous pouvez m'en jouer un bon; jouez-moi... Voyons..., que jouera-t-il, Bob? ajouta-t-il en se tournant vers son compagnon, *Monsieur Jean l'ivrogne?*

Le vieillard, quoiqu'il ne parût pas content du ton péremptoire de la requête, joua, comme on le lui avait demandé, *Monsieur Jean l'ivrogne* et plusieurs autres airs qui furent plus tard demandés par la même voix rude et tyrannique.

Les petits enfants se resserraient en arrière, considérant le grand et brutal garçon avec déplaisir.

Ce garçon était le fils de M. Case, et, comme son père avait négligé de corriger son caractère quand il était petit, il était, en grandissant, devenu insupportable; tous ceux qui étaient plus jeunes et plus faibles que lui craignaient son approche et le détestaient comme un tyran.

Quand le vieillard fut si fatigué qu'il ne pouvait

jouer davantage, un garçon qui, habituellement, portait sa harpe, vint et tendit le chapeau de son maître à la compagnie. disant : « Soyez assez bons pour vous souvenir de nous. » Les enfants donnèrent vivement leurs sous et pensèrent qu'ils étaient bien gagnés par ce pauvre homme qui avait pris tant de peine pour les amuser; au lieu de les dépenser près de la marchande de pain d'épices que pourtant ils aimaient à visiter. Le chapeau était tendu depuis quelque temps au fils de M. Case sans qu'il fit semblant de le voir. A la fin, il mit la main d'une façon bourrue dans la poche de son gilet et en tira une pièce de un franc. Il y avait dix sous dans le chapeau.

— Je prends les sous, dit-il, et voici un franc pour vous.

— Dieu vous bénisse, Monsieur, dit le conducteur.

Mais comme il prenait la pièce que le jeune garçon avait mise furtivement dans la main de l'aveugle, il vit qu'elle ne valait rien.

— Je crains qu'elle ne soit pas bonne, Monsieur, dit le garçon, qui était chargé d'examiner l'argent pour son maître.

— Je crains alors que vous n'en ayez pas d'autre, dit le jeune Case avec un rire insultant.

— Cela ne se peut, Monsieur, dit le garçon; voyez-y vous-même : la bordure est toute jaune; vous pouvez apercevoir le cuivre en plein; ainsi, Monsieur, reprenez-la.

— C'est votre affaire, dit le garçon brutal, repoussant sa main; vous pouvez la faire passer aussi bien que moi, si vous êtes habile. Vous l'avez prise de moi et je ne la reprendrai pas, je vous le promets.

— C'est très injuste, chuchotèrent les enfants; car le petit groupe, quoique sous une contrainte évi-

Suzanne guida soigneusement le harpiste.

dente, ne pouvait plus longtemps retenir son indignation.

— Qui dit que c'est injuste? dit froidement le tyran, regardant autour de lui.

Les petits frères de Suzanne l'avaient tenue par la robe, pour l'empêcher de bouger, dès le commencement de la dispute, et elle était maintenant si intéressée de voir comment cela finirait, qu'elle se tenait tranquille, sans faire aucune résistance.

— Y a-t-il quelqu'un parmi vous qui se connaisse à l'argent? dit le vieillard.

— Oui, voici le fils du boucher, dit le jeune Case, montrez-lui la pièce.

C'était un garçon tranquille, de disposition bien paisible. Le jeune Case s'imaginait qu'il craindrait de donner jugement contre lui: cependant, après quelques moments d'hésitation, et après avoir plusieurs fois retourné la pièce, il dit que : *d'après lui, mais il ne prétendait pas en être tout à fait certain, la pièce n'était peut-être pas bonne.*

Alors, se tournant vers Suzanne, pour se mettre hors de danger, car le fils de l'homme d'affaires le regardait avec un air de rancune :

— Mais voici Suzanne qui se connaît à l'argent beaucoup mieux que moi, car elle en reçoit beaucoup pour son pain.

— Je m'en rapporterai à elle, dit le vieillard; si elle dit que la pièce est bonne, gardez-la, Jacques.

La pièce fut passée à Suzanne, qui, bien qu'ayant refusé de s'en occuper par modestie, n'hésita pas quand elle fut appelée à dire la vérité.

— Je pense que cette pièce est mauvaise, dit-elle, d'une voix douce, mais ferme, qui, pour un moment, fit taire le garçon colère et brutal.

— Alors en voici une autre, cria-t-il. J'ai des pièces en abondance, Dieu merci.

Suzanne s'en alla alors avec ses deux frères, et tous

les autres enfants se séparèrent pour regagner chacun leur maison.

Le vieillard appela Suzanne, et lui demanda, puisqu'elle allait au village, d'être assez bonne pour lui indiquer le chemin.

Le conducteur prit la harpe et le petit Guillaume prit le vieillard par la main.

— Je le conduirai, je le conduirai, dit-il, et Jean courait en avant pour récolter des boutons d'or dans le pré.

Il y avait un petit ruisseau qu'ils devaient traverser et comme la planche qui servait de pont était un peu étroite, Suzanne craignit de confier le vieillard à son petit conducteur, donc elle passa d'abord sur la planche elle-même et guida soigneusement le harpiste.

Ils arrivèrent ensuite à une barrière qui s'ouvrait sur la grande rue du village.

— Voilà la grande rue droit devant vous, dit-elle au garçon qui portait la harpe de son maître; vous ne pouvez vous tromper. Il faut que je vous souhaite une bonne nuit, car je suis très pressée de regagner la maison, et je prendrai le plus court à travers les champs que voici, ce qui ne serait pas commode pour vous, à cause des barrières. Adieu.

Le vieillard la remercia et s'avança sur le grand chemin tandis qu'elle et ses frères couraient aussi vite qu'ils le pouvaient par la traverse.

CHAPITRE VIII

LES DEMOISELLES SOMERS CHEZ PRICE

— Je crains que Mlle Somers n'attende après nous, dit Suzanne, vous savez qu'elle devait venir à six heures, et, d'après la longueur de nos ombres, je suis sûre qu'il est tard.

Quand ils vinrent à la porte de leur maison, ils entendirent beaucoup de voix, et, en entrant, ils virent plusieurs dames debout dans la cuisine.

— Entrez, Suzanne, nous pensions que vous nous aviez tout à fait oubliées, dit Mlle Somers à Suzanne, qui s'avançait timidement. J'imagine que vous ne pensiez plus que nous vous avions promis de venir vous voir ce soir; mais vous n'avez pas besoin de rougir si fort pour cela. Il n'y a pas grand mal de fait; il y a seulement cinq minutes que nous sommes ici, et nous avons été bien occupées à regarder votre joli jardin et vos rayons en ordre. C'est vous, Suzanne, qui entretenez tout cela? continua Mlle Somers, regardant autour de la cuisine.

Avant que Suzanne pût répliquer, le petit Guillaume s'avança et dit :

— Oui, Madame. C'est ma sœur Suzanne qui garde tout en ordre, et elle vient toujours à l'école pour nous chercher, et c'est ce qui a causé son retard.

— Parce que, voyez-vous, continua Jean, elle n'a pas voulu nous refuser d'écouter un vieillard qui jouait de la harpe; c'est ce qui l'a retenue, et nous espérons, Madame, comme vous êtes..., comme vous semblez si bonne, que vous ne lui reprocherez pas.

Mlle Somers et sa sœur sourirent de l'affectueuse simplicité avec laquelle les petits frères de Suzanne prenaient sa défense, et cette légère circonstance les disposa à juger encore plus favorablement d'une famille qui paraissait si unie.

Elles prirent Suzanne avec elles pour une promenade dans le village. Beaucoup de ses amies s'avancèrent jusqu'à leur porte, et, loin de lui porter envie, elles désiraient secrètement le bonheur de Suzanne.

— Je pense que nous trouverons ici ce qu'il nous faut, dit Mlle Somers, s'arrêtant devant une boutique dans la montre de laquelle des rouleaux de ruban de diverses couleurs paraissaient rangés d'une façon bien tentante.

Elle entra et fut réjouie de voir les rayons derrière le comptoir bien fournis d'étoffes brillantes et claires, d'indiennes imprimées fort jolies.

— Maintenant, Suzanne, choisissez-vous une robe,

dit Mlle Somers, vous êtes un exemple d'industrie et de bonne conduite que nous désirons récompenser publiquement pour le bien des autres.

Le marchand, qui était le père de Rose, l'amie de

Le marchand déroula, déplia ses brillantes étoffes.

Suzanne, parut très satisfait de ce discours, et, comme si le compliment lui avait été fait à lui-même, il s'inclina devant Mlle Somers, et alors, avec une promptitude qu'aurait pu admirer un marchand d'étoffes de

Londres, il avança pièce par pièce ses meilleures marchandises à sa jeune cliente, déroula, déplia ses brillantes étoffes et ses calicots luisants, les étalant à la lumière. Il étendit le bras vers les plus hauts rayons et descendit en un moment ce qui semblait ne pouvoir être atteint que par un géant; puis plongea dans des recoins cachés derrière le comptoir et mit au jour de fraîches beautés et de fraîches tentations.

Suzanne regardait avec indifférence. Elle pensait beaucoup à son agneau et davantage à son père.

Mlle Somers lui avait mis dans la main une brillante pièce d'or et lui avait dit de payer sa robe; mais Suzanne, en considérant la guinée, pensa que c'était dépenser beaucoup trop d'argent pour elle-même; elle désirait pouvoir la garder pour un meilleur usage, mais ne savait comment le demander.

Il y a des personnes entièrement inattentives au moindre sentiment et qui sont incapables de lire dans la contenance de ceux à qui ils accordent leurs bontés. Mlle Somers et sa sœur n'étaient pas de cette sorte.

— Elle ne paraît pas aimer tout cela, dit Mlle Somers à l'oreille de sa sœur.

Sa sœur observa que Suzanne paraissait loin de penser à sa robe.

— Si vous ne trouvez pas ces marchandises de votre goût, dit le boutiquier à Suzanne, nous recevrons bientôt de la ville un nouvel assortiment de calicots pour la saison de printemps.

— Oh! interrompit Suzanne avec un sourire et en

rougissant, celles-ci sont toutes jolies et trop bonnes pour moi, mais...

— Mais quoi, Suzanne? dit Mlle Somers, dites-nous ce que vous pensez.

Suzanne hésita.

— Eh bien, alors nous ne vous presserons pas; vous nous connaissez à peine; quand vous nous connaîtrez, vous ne craindrez pas, je l'espère, de vous ouvrir à nous. Mettez cette pièce jaune, continua-t-elle, dans votre poche, et faites-en l'usage qui vous plaît. Par ce que nous connaissons et par ce que nous avons appris de vous, nous sommes persuadées que vous en ferez un bon usage.

— Je pense, Madame, dit le maître de la boutique, avec un regard fin et bon, que je puis donner un bon témoignage moi-même de ce que deviendra la guinée, mais je ne dis rien.

— Non, c'est bien comme cela. dit Mlle Somers; nous laissons Suzanne entièrement libre, et nous ne la retiendrons pas plus longtemps. Bonne nuit, Suzanne, nous reviendrons bientôt à votre chaumière.

Suzanne fit une révérence avec un regard de gratitude et avec une modeste franchise de sa contenance qui semblait dire : « Je voudrais vous dire ce que j'ai envie de faire avec ma guinée, mais je ne puis parler devant tant de monde; quand vous reviendrez à la maison, vous saurez tout. »

Quand Suzanne fut partie, Mlle Somers se tourna vers le marchand obligeant qui repliait toutes les étoffes qu'il avait étalées.

— Vous avez eu beaucoup de peine avec nous, Monsieur, dit-elle, et puisque Suzanne ne veut pas se choisir une robe elle-même, je le ferai.

Elle mit de côté la plus jolie, et tandis que l'homme la roulait dans du papier, elle lui posa plusieurs questions relativement à Suzanne et à sa famille. Il prit plaisir à y répondre, parce qu'il avait ainsi une occasion de lui donner autant de louanges qu'il désirait.

— Pas plus tard que ce matin de mai, dit-il, Suzanne a fait quelque chose qui ne vous déplairait pas si vous le connaissiez. Elle devait être reine de mai, ce qui, dans nos villages, est une chose très estimée, mais la mère était malade et Suzanne, qui était restée auprès d'elle toute la nuit, ne voulut pas la quitter le matin, même quand on lui apporta la couronne. Elle la mit sur la tête de ma fille Rose, de ses propres mains, et certes, ma fille l'aime comme si elle était sa sœur. Je n'ai pas de partialité pour elle, car je ne suis pas du tout parent des Price, seulement je leur souhaite du bien parce que je les connais. J'enverrai le paquet à l'Abbaye, n'est-ce pas, Madame?

— S'il vous plait, dit Mlle Somers, et faites-nous savoir aussitôt que vous recevrez des marchandises nouvelles de la ville. Vous trouverez en nous, je l'espère, de bons clients, et des gens bienveillants, ajouta-t-elle avec un sourire, car ceux qui souhaitent du bien à leurs voisins méritent eux-mêmes qu'on leur en souhaite.

Peu de mots peuvent encourager les gens à vivre

heureux et en paix, de même que peu de mots peuvent amener la brouille et les misères des plaidoiries. M. Case et Mlle Somers en étaient tous deux également convaincus, et leur conduite était uniformément en rapport avec leurs principes.

CHAPITRE IX

L'AGNEAU DE SUZANNE

Mais retournons maintenant à Suzanne. Elle mit soigneusement la brillante guinée dans son gant avec les 15 francs qu'elle avait reçus de ses compagnons pour son jour de mai. En outre de ce trésor, elle calculait que le montant de ses notes pour le pain ne s'élèverait pas à moins de 30 francs, et, comme son père était maintenant sûr d'une semaine de répit, elle avait bon espoir que, par un moyen quelconque, elle pourrait trouver la somme nécessaire pour payer un remplaçant. Si cela pouvait se faire, disait-elle, comme ma mère serait heureuse! Elle guérirait complètement, car elle est certainement beaucoup mieux depuis ce matin, depuis que je lui ai dit que mon père pourrait rester une semaine plus longtemps. Ah! elle n'aurait pas fait de souhaits pour M. Case, si elle avait su ce qui se passe pour mon pauvre Daisy!

Suzanne prit le sentier qui conduit au pré voisin

de la rivière, résolue d'y aller et de prendre congé de son innocent favori. Mais elle ne pouvait passer inaperçue; ses petits frères guettaient son retour, et aussitôt qu'ils la virent, ils coururent après elle et l'atteignirent comme elle arrivait au pré.

— Pourquoi cette dame avait-elle besoin de vous? cria Guillaume.

Mais, regardant le visage de sa sœur, il le vit baigné de larmes, et elle s'avançait silencieuse.

Suzanne vit son agneau au bord de l'eau.

— Qui sont ces deux hommes, dit Guillaume? Qu'ont-ils à faire avec Daisy?

Les deux hommes étaient M. Case et le boucher. Le boucher sentait si l'agneau était gras.

Suzanne s'assit dans un morne silence; ses petits frères coururent au boucher et lui demandèrent s'il allait faire du mal à l'agneau.

Le boucher ne répondit pas, mais l'homme d'affaires répliqua :

— Ce n'est plus l'agneau de votre sœur, c'est le mien, et j'en fais ce que je veux.

— Le vôtre! crièrent les enfants avec terreur; et vous le tuerez?

— C'est l'affaire du boucher.

Les petits garçons éclatèrent en lamentations; ils repoussèrent la main du boucher; ils jetèrent leurs bras autour du cou de l'agneau, ils embrassèrent son front. Il bêla.

— Il ne bêlera pas demain, dit Guillaume, et il pleura amèrement.

Le boucher se détourna et essuya furtivement ses larmes avec le coin de son tablier.

L'homme de loi ne fut pas ému. Il tira la tête de l'agneau qui s'était arrêté pour brouter une touffe de trèfle.

— Je n'ai pas de temps à perdre, dit-il; boucher, vous compterez avec moi. Il est gras, et le plus tôt sera le meilleur. Je n'ai rien de plus à dire.

Et il s'en alla, sourd à toutes les prières des pauvres enfants.

Aussitôt qu'il fut hors de vue, Suzanne se leva de l'endroit où elle était assise, vint à l'agneau, s'arrêta pour lui cueillir une poignée de trèfle, afin de le faire manger dans sa main pour la dernière fois. Le pauvre Daisy léchait la main de sa petite maîtresse.

— Maintenant, allons-nous-en, dit Suzanne.

— J'attendrai aussi longtemps que vous voudrez, dit le boucher.

Suzanne le remercia et s'en alla vivement sans regarder derrière elle. Ses petits frères demandèrent à l'homme d'attendre quelques minutes, car ils avaient cueilli une poignée de véroniques bleues, qu'ils offraient au pauvre animal.

Comme il suivait les garçons à travers le village, les enfants se rassemblèrent sur leur passage, et le fils du boucher était parmi eux. La fermeté de Suzanne à propos de la mauvaise pièce était restée dans la mémoire du petit garçon. Cela lui avait épargné d'être battu. Il alla directement à son père pour lui demander la vie de l'agneau de Suzanne.

— J'y pensais moi-même, mon garçon, dit le boucher. C'est un péché de tuer un agneau favori. Je n'y suis pas accoutumé, et je ne puis me décider à le faire. J'irai trouver M. Case et lui en parlerai; mais c'est un homme dur. Il n'y a qu'une manière de

Les deux hommes étaient M. Case et le boucher.

l'emporter avec lui, et c'est ainsi que je ferai, quoique je doive y perdre. Mais je ne dirai rien aux jeunes garçons, car ils pourraient parler, et alors la chose serait plus mauvaise encore pour la pauvre Suzanne, qui est une bonne fille et bien élevée. Allons, garçons, ne vous assemblez pas ainsi en foule devant ma porte, dit-il tout haut aux enfants. Faites entrer l'agneau dans la bergerie pour cette nuit, Jean, et retournez chez vous.

La foule se dispersa en murmurant, et le boucher alla trouver l'homme d'affaires.

— Puisque tout ce qu'il vous faut est un bon agneau, tendre et gras, pour faire un présent à M. Arthur, dit le boucher, j'ai tout ce qu'il vous faut, et meilleur encore.

— Meilleur! S'il est meilleur, je suis prêt à entendre raison.

Le boucher, avait, disait-il, un agneau tendre, propre à être mangé le jour suivant, et comme M. Case était impatient de faire son offrande à M. Arthur, il accepta la proposition du boucher, quoiqu'il fît semblant d'hésiter, afin d'en arracher, avant de compléter le marché, un morceau de viande en plus.

Dans l'intervalle, les frères de Suzanne coururent à la maison pour lui dire que son agneau était enfermé pour la nuit dans la bergerie, et cela la soulagea un peu.

Rose, sa bonne amie, était avec elle, et elle avait le plaisir de lui dire que son père avait obtenu une semaine de répit. Sa mère était mieux et même voulait se mettre à table pour souper dans son fauteuil d'osier.

CHAPITRE X

PRICE DONNE L'HOSPITALITÉ AU HARPISTE

Suzanne préparait le souper, quand le petit Guillaume, qui était près de la porte, veillant le retour de son père, s'écria soudain :

— Suzanne, n'est-ce pas notre vieillard?

— Oui, dit le vieux musicien, j'ai trouvé mon chemin vers vous; les voisins ont été assez bons pour me montrer votre demeure; car, bien que je ne sache pas votre nom, ils savaient qui je voulais dire quand je parlais de vous.

Suzanne vint à la porte, et le vieillard fut heureux de l'entendre encore parler.

— Si ce n'était pas être trop hardi, dit-il, je suis un étranger dans cette partie de la contrée et je viens de loin. Mon garçon a obtenu un lit pour lui-même dans le village, mais je n'ai aucune place. Pouvez-vous être assez charitable pour donner au vieil aveugle le logement pour une nuit?

Suzanne répondit qu'elle allait le demander à sa mère, et bientôt elle revint en disant qu'il était le bienvenu, s'il pouvait dormir sur le lit des enfants qui était un peu petit.

Le vieillard entra en remerciant, mais sa tête frappa contre le toit en passant à la porte.

— Beaucoup de toits qui sont trois fois aussi hauts ne sont pas aussi bons, dit-il.

Il venait justement d'en avoir l'expérience à la maison de M. Case, où il avait demandé une assistance durement refusée par Mlle Barbara, qui, suivant sa coutume habituelle, se tenait près de la porte.

Le vieillard plaça sa harpe dans la cuisine du fermier Price et il promit de jouer un air pour les enfants avant leur coucher, leur mère leur ayant permis d'attendre pour souper le retour de leur père.

Price revint à la maison avec une contenance triste, mais bientôt il s'égaya, quand Suzanne lui dit avec un sourire :

— Père, nous avons de bonnes nouvelles pour vous! Bonnes nouvelles pour nous tous! Vous avez une semaine tout entière à rester avec nous, et peut-être, continua-t-elle en mettant sa petite bourse dans ses mains, peut-être, avec ce qui est ici et les notes du pain et ce que nous pourrons, d'une manière ou d'autre, gagner avant la fin de la semaine, nous pourrons rassembler les neuf guinées pour le remplaçant. Qui sait? chère mère! Si nous pouvions le garder avec nous pour toujours!

Tout en parlant, elle jeta ses bras au cou de son

père, qui l'embrassait sans parler, car son cœur débordait. Il fut un peu de temps avant de croire que tout ce qu'il entendait était vrai; mais les sourires plus animés de sa femme, la joie bruyante de

Tout en parlant, elle jeta ses bras au cou de son père.

ses petits garçons et la satisfaction qui brillait dans la contenance de Suzanne, le convainquirent que ce n'était pas un songe.

Comme ils s'asseyaient pour souper, ils invitèrent le vieillard à prendre sa part du frugal repas.

Le fermier, aussitôt que le souper fut fini, même

avant de laisser le harpiste jouer un air pour les deux garçons, ouvrit la petite bourse que Suzanne lui avait donnée.

Il fut surpris à la vue des 15 francs, et encore plus quand il trouva au fond la belle pièce d'or.

— Comment avez-vous eu tout cet argent? dit-il.

— Honnêtement et convenablement, j'en suis sûre d'avance, dit l'orgueilleuse mère; mais je ne puis deviner comment, excepté pour le pain. Eh! Suzanne! est-ce le prix de votre première fournée?

— Oh! non, dit sòn père, j'ai le prix de sa première fournée ici, dans ma poche. Je le gardais pour une surprise et pour rendre heureux le cœur de votre mère, Suzanne. Voici 40 francs, et la note de *l'Abbaye*, qui n'est pas payée, en donnera 10 de plus. Que pensez-vous de ceci, femme? N'avons-nous pas le droit d'être fiers de notre Suzanne? Mais, continua-t-il, se tournant vers le vieillard, je vous demande pardon de faire librement devant des étrangers la louange des miens, ce qui n'est pas poli; mais la vérité est la première chose qu'il faut dire, je pense, en tout temps. Donc, voici votre richesse, Suzanne. Cette enfant vaudra au moins son poids d'or. Mais dites-nous, ma fille, comment vous avez eu toutes ces richesses et comment il se fait que je ne pars pas demain. Toutes ces heureuses nouvelles me rendent si gai, que j'ai peur que tout cela ne soit pas fait avec droiture. Mais parlez, mon enfant, et d'abord apportez-nous une bouteille de cet hydromel que vous avez fait avec votre miel l'an passé.

Suzanne n'aimait pas beaucoup à dire l'histoire de sa pintade, de sa robe et surtout du pauvre agneau. Une partie de son récit paraissait une louange de sa propre générosité; quant à l'autre partie, elle n'aimait

Il demanda sa harpe et l'accorda longuement.

pas à se la rappeler. Mais sa mère la pressait pour savoir tout, et elle le raconta aussi simplement qu'elle pouvait. Quand elle arriva à l'histoire de l'agneau, sa voix lui manqua et chacun fut touché. Le vieillard toussa plus d'une fois pour cacher son émotion. Il demanda alors sa harpe, et, après l'avoir longtemps accordée, il se rappela, car il avait souvent des moments d'absence d'esprit, qu'il l'avait demandée pour jouer l'air promis aux garçons.

Il venait de loin, des montagnes de Galles, pour disputer, avec d'autres compétiteurs, un prix offert par une société musicale depuis un an. Il devait y avoir à cette occasion un splendide bal à Shrewsbury, à environ 2 lieues du village. Le prix était de 10 guinées, pour le meilleur joueur de harpe, et devait être décerné dans quelques jours.

Tout ceci, Barbara le savait depuis longtemps par sa servante, qui allait souvent à la ville, et depuis longtemps son imagination s'enflammait à l'idée de cette magnifique réunion. Souvent, elle avait désiré de s'y trouver et elle avait roulé en son esprit des projets pour entrer dans l'intimité de quelques voisins de bonne famille, qui pourraient la conduire au bal dans leur voiture. Aussi était-elle réjouie et triomphante quand, ce même soir, au moment où le boucher traitait avec son père de l'agneau de Suzanne, un domestique de *l'Abbaye* en livrée frappa à la porte et déposa une carte d'invitation pour M. et Mlle Case.

— Allons, cria Barbe, *moi* et *mon père* nous devons diner et prendre le thé à *l'Abbaye* demain. Qui sait? J'ose dire que quand ils verront que je ne suis pas une personne vulgaire, et si, d'une manière adroite, j'arrive à plaire à Mlle Somers, comme je le ferai, j'en suis sûre, j'ose dire qu'elle me conduira au bal avec elle.

— Sûrement, dit la servante, c'est le moins qu'on puisse attendre d'une dame qui s'abaisse à faire visite à Suzanne Price, et qui court les boutiques pour elle. Le moins qu'elle puisse faire pour vous est de vous conduire à un bal en voiture, ce qui ne lui coûte rien et n'est qu'une civilité commune.

— Alors, je vous prie, Betty, continua Mlle Barbara, n'oubliez pas demain, la première chose que vous ferez, d'envoyer à Shrewsbury pour mon nouveau chapeau. Il faut que je l'aie pour dîner à *l'Abbaye*, où les dames me jugeraient mal, et, Betty, rappelez-vous la couturière aussi. Il faut que je pousse papa à m'acheter une robe neuve pour le bal. Je puis voir les modes demain à *l'Abbaye*. Je regarderai comme il faut les dames, je vous le promets. Et puis, Betty, j'ai pensé à un charmant présent pour Mlle Somers : comme le dit papa, il est bon de ne jamais aller les mains vides dans une grande maison. Je ferai présent à Mlle Somers de la pintade de Suzanne. Elle ne me sert à rien; ainsi vous l'emporterez de bonne heure demain matin à *l'Abbaye* avec mes compliments; c'est comme cela qu'il faut faire.

CHAPITRE XI

Mlle BARBARA A L'ABBAYE

Pleine de l'espoir que son présent et son chapeau opéreraient en sa faveur, Mlle Barbara fit sa première visite à *l'Abbaye*. Elle s'attendait à voir des merveilles; elle était habillée dans tout le luxe qu'elle avait appris de sa servante, qui elle-même l'avait appris de l'apprentie d'une lingère de Shrewsbury, comme étant la mode de Londres, et elle fut bien surprise et désappointée quand elle fut introduite dans la pièce où se trouvaient les demoiselles Somers et les dames de *l'Abbaye*, qu'elles ne répondaient par aucune partie de leur toilette à l'image qu'elle s'était formée des dames à la mode.

Elle fut embarrassée quand elle vit les livres, les ouvrages d'aiguille et les dessins sur la table, et elle commença à penser qu'il lui viendrait quelque affront parce qu'elles n'étaient pas assises, les mains croisées.

Quand Mlle Somers s'efforçait de deviner quelle conversation pouvait l'intéresser et parla de promenades, de fleurs, de jardinage qu'elle aimait elle-même, Mlle Barbara crut qu'on ne l'estimait pas à sa valeur, et bientôt elle trouva moyen d'exposer son ignorance plus complètement en parlant de choses qu'elle ne comprenait pas.

Ceux qui n'essayent jamais de paraître ce qu'ils ne sont pas, ceux qui, dans leurs manières, ne prétendent à rien qui ne se rapporte à leurs habitudes et à leur situation dans la vie, ne sont jamais exposés à être ridiculisés par les gens bien élevés d'aucun rang; mais l'affectation est le constant et juste objet du ridicule.

Mlle Barbara Case, avec ses prétentions aux grandes manières, cherchait à être prise pour une belle dame, tandis qu'elle n'était en réalité qu'une enfant, et la fille d'un vulgaire homme d'affaires.

Une à une les dames disparaissaient; Mlle Somers quitta la chambre pendant quelques minutes pour changer de vêtement, comme c'était la coutume de la famille avant dîner.

Elle laissa un portefeuille de jolis dessins et de bonnes gravures pour l'amusement de Mlle Barbara, dont les pensées étaient tellement concentrées sur le bal des harpistes, qu'elle ne pouvait s'amuser avec de pareilles *bagatelles*.

Combien sont malheureux ceux qui passent leur temps à espérer! ils ne peuvent jamais jouir du présent. Tandis que Barbara cherchait les moyens d'intéresser Mlle Somers en sa faveur, elle se rappela avec surprise que pas un mot n'avait encore été dit de son présent d'une pintade.

Betty, dans son empressement à habiller sa jeune maîtresse dans la matinée, avait oublié sa commission,

Mlle Barbara fut bien surprise et désappointée.

et tandis que Mlle Somers s'habillait, la femme de charge vint dans la chambre de sa maîtresse :

— Madame, dit-elle, voici qu'on apporte une belle pintade avec des compliments pour vous de la part de Mlle Barbara Case.

Mlle Somers vit bien par le ton avec lequel la femme de charge s'acquittait de ce message qu'il y avait dans l'affaire quelque chose qui ne lui plaisait pas beaucoup.

Elle ne fit aucune réponse sachant bien que la femme de charge, qui avait un caractère très ouvert, expliquerait la cause de sa mauvaise humeur.

Elle ne se trompait pas: la femme de charge s'avança près de la table de toilette et continua :

— Je n'aime pas parler des choses dont je ne suis pas tout à fait sûre, et je ne suis pas tout à fait sûre, dans ce cas: mais pourtant je pense qu'il est bon de vous dire ce qui me passe dans l'esprit au sujet de cette pintade, Madame, et vous pouvez vous informer et faire ensuite ce qu'il vous plaira.

Il y a quelque temps, nous avions ici de belles pintades à nous, et, ne pensant pas que toutes périraient, j'en donnai une à Suzanne Price. Elle en fut ravie et je ne pense pas qu'elle s'en soit séparée de bonne volonté.

Mais si mes yeux ne me trompent pas, cette poule qui vient de Mlle Barbara est identiquement la même que j'ai donnée à Suzanne. Comment elle vint en la possession de Mlle Case, je ne puis le dire et cela m'étonne fort.

Si mon fils Philippe était à la maison, peut-être, comme il est souvent chez Mme Price (ce que je ne désapprouve pas), il pourrait connaître l'histoire de la pintade.

Je l'attends à la maison ce soir, et si vous n'avez pas d'objection, je pourrai éclaircir l'affaire.

— La voie la plus courte, je pense, dit Mlle Henriette.

serait de demander à Mlle Case, elle-même, ce qui en est, et je le ferai ce soir.

— S'il vous plaît, Madame, dit la femme de charge, froidement, car elle savait que Mlle Barbara n'était pas connue dans le village pour dire la vérité.

Le dîner était servi, M. Case s'attendait à sentir certaine sauce à la menthe, et, comme les couvercles étaient ôtés des plats, il regardait après l'agneau, mais d'agneau, point. Il eut un adroit détour pour amener la conversation sur ce point.

M. Arthur parlait, quand ils s'assirent pour dîner, d'un nouveau couteau à découper qu'il avait fait faire pour sa sœur. L'homme d'affaires passa des couteaux à découper à la volaille, de la volaille à la viande de boucherie. Quelques joints, observait-il, étaient plus difficiles à séparer que d'autres. Il n'avait jamais vu d'homme pour découper mieux que le vicaire de la paroisse.

— Mais, dit-il, j'en appelle à M. Arthur, dites-moi, je vous prie, Monsieur, quand vous découpez un quartier d'agneau et que vous avez levé l'épaule, comment faites-vous?

Cette question bien préparée ne fut pas perdue pour M. Arthur. L'homme d'affaires fut remercié pour le présent qu'il avait entendu faire, mais mortifié et surpris d'entendre M. Arthur dire que c'était chez lui une règle constante de ne jamais accepter de présents de ses voisins.

— Si nous acceptions un agneau d'un riche voisin de ma propriété, dit-il, je craindrais de mortifier quelque pauvre fermier qui peut avoir peu à offrir, quoiqu'il nous porte néanmoins beaucoup d'attachement?

Comme les dames avaient quitté la salle à manger et se promenaient dans une grande salle à côté, Mlle Barbara eut une belle occasion d'imiter la méthode de son rusé père. Une des dames observa que cette salle serait une belle place pour la musique, Barbe en un instant amena la conversation sur la harpe et les harpistes, et sur le bal des harpistes.

— Je puis parler de cette matière, dit-elle, parce qu'une dame de Shrewsbury, une amie de papa, a offert de me prendre avec elle; mais papa n'aime pas lui donner l'ennui de m'envoyer chercher si loin, quoiqu'elle ait une voiture à elle.

Barbara fixa les yeux sur Mlle Somers, tout en parlant; mais elle ne put lire sur sa physionomie aussi facilement qu'elle désirait, parce que Mlle Somers abaissait en ce moment le voile de son chapeau.

— Sortirons-nous avant le thé? dit-elle à ses compagnes, j'ai une jolie pintade à vous montrer.

Barbara, tirant des présages favorables de la pintade, suivit d'un pas confiant.

La faisanderie était bien remplie de faisans, de paons, et la jolie petite pintade de Suzanne faisait bien, même dans cette brillante société, et elle fut fort admirée. Barbara était dans sa gloire, mais sa gloire fut de courte durée; juste au moment où Mlle Somers allait s'informer de l'histoire de la poule, Philippe vint demander la permission de prendre un morceau de sycomore pour faire une boîte à muscade à sa mère.

Philippe était un garçon ingénieux et bon tourneur pour son âge. M. Arthur avait préparé un morceau de sycomore pour lui, et Mlle Somers lui dit où il le trouverait. Il la remercia, mais en s'inclinant pour saluer, son œil fut frappé par la vue de la pintade, et il s'écria involontairement.

— C'est la pintade de Suzanne, j'en suis sûr.

— Non, ce n'est pas la pintade de Suzanne, dit Mlle Barbara, devenant très rouge, c'était la mienne et j'en ai fait présent à Mlle Somers.

Au son de la voix de Barbara, Philippe se retourna, la vit, et l'indignation, non contenue par la présence des spectateurs, éclata.

— Qu'y a-t-il, Philippe? dit Mlle Somers d'un ton pacifique.

Mais Philippe ne paraissait pas fort disposé à la paix.

— Eh bien, Madame, dit-il, puis-je parler?

Et sans attendre la permission, il parla et fit un récit exáct et détaillé de l'ambassade de Rose et des procédés avares et cruels de Barbara.

Celle-ci s'emporta et, à la fin, fut couverte de confusion, et les spectateurs, même les plus indulgents, ne pouvaient la plaindre.

Mlle Somers, cependant, se rappela ses devoirs envers son hôte, et elle cherchait à envoyer Philippe prendre son sycomore.

Barbe se calma aussitôt qu'il fut hors de vue; mais elle s'enferra encore davantage en s'écriant :

— Certes, je voudrais que cette stupide poule ne

fût jamais venue en ma possession. Je voudrais que Suzanne l'eût gardée à la maison comme elle aurait dû faire.

— Peut-être sera-t-elle plus soigneuse, maintenant qu'elle a reçu une si forte leçon, dit Mlle Somers.

Philippe s'enfuit joyeusement avec la pintade.

L'essayerons-nous? continua-t-elle. Je pense que Philippe la reportera à Suzanne si nous le désirons.

— S'il vous plaît, Madame, dit Barbara tristement, je ne veux plus en entendre parler.

Ainsi la pintade fut remise à Philippe, qui s'enfuit joyeusement avec elle et fut bientôt en vue de la maison du fermier Price.

CHAPITRE XII

SUZANNE RETROUVE SA PINTADE ET SON AGNEAU

Philippe s'arrêta quand il vint à la porte; il pensa à Rose et à sa généreuse amitié pour Suzanne. Il décida qu'elle aurait le plaisir de lui rendre sa poule. Il courut dans le village; tous les enfants qui avaient donné leur petite bourse du jour de mai furent assemblés sur le théâtre de leurs jeux, et ils eurent le plaisir de revoir l'oiseau. Philippe prit sa flûte et son tambour, et ils marchèrent en triomphe vers la chaumière aux murailles blanchies.

— Permettez-moi de venir avec vous, dit le fils du boucher à Philippe. Attendez une minute, mon père a quelque chose à vous dire.

Il courut à la maison de son père. La petite troupe s'arrêta et quelques minutes après, le bêlement d'un agneau fut entendu. A travers un étroit passage qui conduisait à la bergerie derrière la maison, ils virent le boucher conduisant un agneau.

— C'est Daisy! s'écria Rose, c'est Daisy! répétèrent tous ses compagnons. L'agneau de Suzanne! l'agneau de Suzanne! et ce fut un cri de joie universel.

— Eh bien, pour ma part, dit le bon boucher, aussitôt qu'il put être entendu, pour tout au monde je ne serais pas aussi cruel que M. Case. Ces pauvres bêtes ne savent pas d'avance ce qui va leur arriver, et quant à mourir, c'est ce que nous devons tous faire un jour ou l'autre; mais tourmenter les cœurs des vivants qui ont autant de sens que nous-mêmes, voilà ce que j'appelle de la cruauté. N'est-ce pas ce que l'homme d'affaires faisait continuellement à la pauvre Suzanne et à sa famille, depuis qu'il avait du dépit contre eux? Mais voici l'agneau sain et sauf. Je l'aurais ramené plus tôt, mais je viens seulement de rentrer de la foire, et d'ailleurs Daisy était aussi bien dans ma bergerie que dans le pré.

L'obligeant boutiquier qui avait montré les jolies robes à Suzanne, était alors devant sa porte, et quand il vit l'agneau et apprit que c'était celui de Suzanne, il dit qu'il ajouterait sa petite contribution. Il donna aux enfants quelques bouts de petit ruban, avec lesquels Rose décora l'agneau de son amie.

La flûte et le tambour commencèrent à se faire entendre et la procession s'avança en ordre après avoir poussé en l'honneur du bon boucher trois vivats, mieux mérités qu'ils ne le sont souvent.

Suzanne était à travailler dans son petit berceau, avec sa petite table devant elle. Quand elle entendit le son de la musique, elle posa son ouvrage et écouta. Elle vit une foule d'enfants qui s'approchaient. Ils avaient mis Daisy au milieu d'eux, afin qu'elle ne pût le voir. Comme ils arrivaient à la porte du jardin, elle vit que Rose lui faisait signe. Philippe jouait le plus fort qu'il pouvait, afin qu'elle ne pût

Suzanne posa son ouvrage et écouta.

entendre les bêlements de l'agneau avant le moment convenable. Suzanne ouvrit la petite porte du jardin et, à ce signal, la foule se sépara; et la première chose que Suzanne vit au milieu des plus grands de ses amis fut la petite Marie, tenant la pintade dans ses bras.

— Venez! venez! cria Marie, comme Suzanne s'élançait avec une joyeuse surprise, vous avez encore autre chose à voir.

A cet instant la musique cessa, Suzanne entendit le bêlement d'un agneau, et osant à peine en croire ses sens, elle s'élança et saisit le pauvre Daisy. Elle fondit en larmes.

— Je n'ai pas pleuré quand je me suis séparée de vous, mon cher petit Daisy, dit-elle, à cause de mon père et de ma mère. Je ne me serais pas séparée de vous pour autre chose au monde. Merci, merci à tous, dit-elle à ses compagnons qui sympathisaient à sa joie plus encore qu'ils avaient sympathisé à son chagrin. Si mon père ne devait pas s'éloigner la semaine prochaine, et si ma mère était rétablie, je serais la plus heureuse personne du monde.

Comme Suzanne prononçait ces mots, une voix derrière la foule cria d'un ton brutal :

— Laissez-nous passer, s'il vous plaît, vous n'avez pas le droit d'obstruer un chemin public.

C'était la voix de M. Case qui revenait avec sa fille Barbara de sa visite à *l'Abbaye*. Il vit l'agneau et essaya de siffler en passant. Barbara aussi vit la pintade et tourna sa tête d'un autre côté, afin d'éviter les regards méprisants des amis de Suzanne.

Le chapeau neuf avec lequel elle s'attendait tant à être admirée lui servait seulement à cacher sa figure et à dissimuler sa mortification.

— Je suis contente qu'elle ait vu la pintade, dit Rose, qui tenait l'oiseau dans ses mains.

— Oui, dit Philippe, elle n'oubliera pas le jour de mai.

— Ni moi non plus, j'espère, dit Suzanne, regardant ses compagnons avec un affectueux sourire. J'espère, tant que je vivrai, ne jamais oublier votre bonté pour moi. Maintenant que ma jolie pintade est revenue, je dois vous rendre votre argent.

— Non! non! non! fut le cri général. Nous n'avons pas besoin d'argent, gardez-le! vous en avez besoin pour votre père.

— Eh bien, dit Suzanne, je ne suis pas trop fière pour l'accepter. Je le garderai pour mon père. Peut-être, un jour ou l'autre, je pourrai gagner...

— Oh! interrompit Philippe, ne nous parlez pas de gagner; ne lui laissons pas parler d'argent, maintenant; elle n'a pas encore eu le temps de considérer le pauvre Daisy et la pintade. Allons, nous ferions mieux d'aller à nos affaires et de la laisser à elle-même.

La foule se dispersa suivant l'avis de Philippe; mais on put observer qu'il fut assez lent à passer la porte du jardin lui-même. Il s'arrêta d'abord pour informer Suzanne que c'était Rose qui avait lié les rubans sur la tête de Daisy; puis il s'arrêta un peu plus longtemps pour lui faire connaître l'histoire de la pintade et lui dire que c'était lui qui l'avait apportée de *l'Abbaye*.

Rose tenait le tamis et Suzanne donnait à manger à la favorite, tandis que Philippe s'appuyait sur la barrière, prolongeant sa narration.

— Maintenant, ma jolie pintade, malfaisante bête,

vous ne me ferez plus de ces tours. Il faut que je coupe vos ailes; mais je ne vous ferai pas de mal.

— Prenez garde! cria Philippe; il vaut mieux que je la tienne pendant que vous lui couperez les ailes.

Quand cette opération fut accomplie avec succès, ce qui n'aurait pu se faire sans l'assistance de Philippe, il se rappela que sa mère lui avait donné une commission pour Mme Price.

Cette commission lui prit encore un quart d'heure, car il lui fallut faire l'histoire de la pintade à Mme Price, puis au fermier lui-même qui survint comme il finissait, et c'était une politesse de recommencer. Le fermier fut tellement réjoui de voir sa Suzanne heureuse encore avec ses deux favoris, qu'il voulut voir Daisy manger. Heureux Daisy! qui buvait à son aise, tandis que Suzanne le caressait et remerciait ses bons parents.

— Mais Philippe, dit Mme Price, je tiendrai le vase, vous serez en retard pour retourner près de votre mère: nous ne voulons pas vous retenir plus longtemps.

Philippe partit et comme il passait la petite porte du jardin, il jeta les yeux et vit Barbe et sa servante Betty se tenant à la fenêtre comme d'habitude; sur quoi il se retourna immédiatement pour vérifier s'il avait fermé convenablement la porte, de peur que la pintade ne sortit encore et tombât aux mains de l'ennemi.

CHAPITRE XIII

LES ABEILLES PUNISSENT BARBE DE SA MÉCHANCETÉ

Mlle Barbara, dans le cours de ce jour, avait ressenti beaucoup de mortification, mais non de contrition. Elle était vexée que sa bassesse fût découverte, mais elle ne désirait pas se corriger de ses fautes. Le bal trottait encore dans sa cervelle vaniteuse et égoïste.

— Eh bien, dit-elle à sa confidente Betty, vous voyez comme les choses ont mal tourné. Mais si Mlle Somers ne pense pas à me demander d'aller avec elle, je crois que je sais qui le fera. Comme dit papa, c'est une bonne chose d'avoir deux cordes à son arc.

En effet, quelques officiers qui étaient en garnison à Shrewsbury avaient fait la connaissance de M. Case. Ils avaient eu quelques difficultés avec un négociant de la ville, et M. Case avait promis d'arranger leur affaire, car cet homme voulait les poursuivre. Sur la foi de cette promesse, et avec le vain espoir que, par civilité, ils pourraient le disposer à faire un *raisonnable* mémoire des frais, ces officiers invitaient quelquefois M. Case au mess, et l'un d'eux, qui s'était marié récemment, obtint de sa femme qu'elle ferait *quelquefois* attention à Mlle Barbara. C'était avec cette dame que celle-ci espérait aller au bal des harpistes.

— Les officiers et Mme Straspey, ou plutôt, Mme Shaspey et les officiers doivent déjeuner ici demain, vous savez, dit Barbe à Betty. L'un d'eux dinait à *l'Abbaye* aujourd'hui et a dit à papa qu'ils viendraient tous. Ils vont quelque part dans la contrée pour une fête, et déjeunent ici, sur leur route. Je vous prie, Betty, n'oubliez pas que Mme Straspey ne peut déjeuner sans miel; je le lui ai entendue dire moi-même.

— Alors, vraiment, dit Betty, je crains que Mme Straspey ne parte sans déjeuner, car nous n'avons pas une seule cuillerée de miel.

— Mais, sans doute, dit Barbe, nous pouvons trouver un peu de miel dans le voisinage.

— Je n'en vois pas à acheter, dit Betty.

— Mais ne peut-on en demander ou en emprunter, dit Barbe en riant, oubliez-vous le rûcher de Suzanne. Allez la trouver dans la matinée avec mes compliments, et voyez ce que vous pouvez faire; dites que c'est pour Mme Straspey.

Dans la matinée, Betty, avec « les compliments de Mlle Barbara », alla vers Suzanne pour lui demander du miel pour Mme Straspey, qui ne pouvait pas déjeuner sans cela.

Suzanne n'aimait pas à se défaire de son miel parce que sa mère l'aimait; elle n'en donna donc que peu à Betty. Quand Barbara vit cette petite quantité que lui envoyait Suzanne, elle l'appela avare, et dit qu'elle en aurait davantage.

— J'irai moi-même et je lui parlerai. Venez avec moi, Betty, dit la jeune demoiselle, qui trouvait à présent convenable d'oublier qu'elle avait déclaré, le jour où elle avait avalé le bouillon, qu'elle n'honorerait jamais Suzanne d'une autre visite.

— Suzanne, dit-elle, en accostant la pauvre fille à qui elle avait fait tout le tort qu'elle pouvait lui faire, je dois vous demander un peu plus de miel pour le déjeuner de Mme Straspey. Vous savez que, dans une occasion semblable à celle-ci, des voisins doivent s'aider.

— Certainement qu'ils le doivent, dit Betty.

Quoique Suzanne fût généreuse, elle n'était pas faible. Elle donnait volontiers à ceux qu'elle aimait, mais elle n'était pas disposée à se laisser voler par ceux qu'elle avait raison de mépriser. Elle répondit poliment qu'elle était fâchée de n'en avoir pas davantage à sa disposition. Barbara se mit en colère et perdit toute retenue, quand elle vit que Suzanne, sans écouter ses reproches, regardait à travers un petit carreau de verre dans la ruche.

— Je vous dis, Suzanne Price, que *j'aurai* du miel; ainsi, donnez-m'en de bonne volonté. Oui ou non? Parlez! Voulez-vous m'en donner ou non? Voulez-vous me donner ce morceau de rayon que voilà?

— Ce morceau de rayon est pour ma mère, dit Suzanne, ainsi je ne puis vous le donner.

— Vous ne pouvez? dit Barbe; alors, voyons si je le prendrai.

Elle écarta Suzanne du morceau de rayon que celle-ci avait placé près des feuilles de romarin qu'elle avait cueillies pour le thé de sa mère. Barbe voulut le prendre, mais à son premier effort elle atteignit seulement le romarin. Elle fit un second élan, mais, en se débattant pour prendre le rayon, elle renversa la ruche. Les abeilles bourdonnaient autour d'elle. Sa servante Betty jeta un grand cri et se sauva. Suzanne, qui était protégée par le cytise, cria à Barbara, sur qui de noires grappes d'abeilles s'étaient arrêtées, de demeurer tranquille et de ne pas les chasser.

— Si vous restez tranquille, elles ne vous piqueront peut-être pas.

Mais au lieu de demeurer tranquille, Barbe frappait, se démenait et hurlait; les abeilles la piquaient cruellement; ses bras et sa figure enflaient d'une manière effrayante. Elle fut secourue par la pauvre Suzanne et par la fausse Betty, qui, maintenant que le mal était fait, se demandait comment elle s'excuserait près de son maître.

— En vérité, Mademoiselle Barbara, dit-elle, vous avez eu tort de vous fourrer dans un pareil guêpier. Je serai chassée à cause de cela, voyez-vous.

— Cela m'est bien égal que vous soyez chassée ou non, dit Barbara; je n'ai jamais eu tant de mal en ma vie. Ne pouvez-vous faire quelque chose pour moi? La souffrance est encore moins cruelle que la frayeur que j'ai eue. Je vous prie, comment pourrai-je me montrer au déjeuner, près de Mme Straspey? Et comment pourrai-je aller à ce bal?

Barbe frappait, se démenait et hurlait.

— Vous ne pouvez vraiment compter y aller, dit Betty, pour consolation. Vous n'avez pas lieu de penser au bal, car ces enflures ne disparaîtront pas de votre figure cette semaine. Ce n'est pas ce qui m'afflige, mais je pense à ce que votre papa me dira quand il vous verra.

Tandis que cette aimable maîtresse et sa servante se reprochaient l'une à l'autre leurs adversités, Suzanne, voyant qu'elle ne pouvait plus être utile à rien, se préparait à partir; mais, sur la porte de la maison, elle rencontra M. Case.

M. Case avait repassé bien des choses dans son esprit (car sa seconde visite à *l'Abbaye* avait eu aussi peu de résultat que la première) au sujet de quelques mots échappés à M. Arthur et à Mlle Somers en parlant de Suzanne et de sa famille. Il commençait à craindre d'avoir fait une sottise en cherchant querelle à cette famille. Le refus de son présent lui était matière à réflexion, et il savait que si l'histoire de l'agneau de Suzanne arrivait jusqu'à *l'Abbaye*, c'en était fait de ses espérances. Il pensa donc que la conduite la plus convenable à tenir était de se réconcilier le plus tôt possible avec les Price. En conséquence, rencontrant Suzanne à sa porte, il s'efforça de sourire gracieusement :

— Comment va votre mère, Suzanne? dit-il. Y a-t-il quelque chose dans notre maison qui puisse lui servir? Je suis heureux de vous voir ici. Barbara! Barbara! Barbe! cria-t-il, descendez, mon enfant, parler à Suzanne Price!

Et comme Barbara ne répondait pas, son père monta l'escalier vivement, ouvrit la porte et s'arrêta étonné à la vue de son visage enflé.

Betty, à l'instant, commença à dire l'histoire à sa manière. Barbe la contrariait aussitôt qu'elle parlait. L'homme d'affaires mit la servante dehors à l'instant, et partie par réelle colère, partie par une politique affectation de colère, il demanda à sa fille comment elle osait traiter si mal Suzanne Price, quand celle-ci était si obligeante de lui donner un peu de son miel; ne pouviez-vous vous en contenter, sans vous emparer du rayon par force? C'est une conduite scandaleuse et que je ne puis tolérer, je vous l'assure.

Suzanne alors intercéda pour Barbara, et l'homme d'affaires, adoucissant sa voix, dit que Suzanne était beaucoup trop bonne pour elle.

— Comme vous êtes bonne, Suzanne, pour tout le monde, je lui pardonne pour l'amour de vous.

Suzanne, grandement surprise, fit une révérence, mais elle ne pouvait oublier son agneau. Elle quitta la maison de l'homme d'affaires, aussitôt qu'elle put, et alla faire à sa mère du thé de romarin pour déjeuner.

M. Case s'aperçut que Suzanne n'était pas assez simple pour se laisser gagner par quelques bonnes paroles. Il fit un autre essai pour se concilier le fermier Price; mais le fermier était un homme honnête et sans détour, et sa contenance demeura tout aussi méprisante quand l'homme d'affaires s'adressa à lui d'un ton plus doux.

CHAPITRE XIV

LE CONCOURS DE HARPE.

LES LAMENTATIONS DE SUZANNE POUR SON AGNEAU

Ainsi se passèrent les choses et le jour si longtemps attendu arriva : Barbara Case, piquée par les abeilles de Suzanne, ne put, après toutes ses manœuvres, aller au bal avec Mme Straspey.

La salle était remplie de bonne heure dans la soirée. L'assemblée était nombreuse. Les harpistes qui concouraient pour le prix étaient placés sous une galerie, à l'extrémité de la pièce. Parmi eux était notre vieil aveugle, qui paraissait dédaigné de beaucoup de spectateurs, parce qu'il était moins bien vêtu que ses compétiteurs. Six dames et six messieurs furent alors désignés pour être les juges du concours. Ils étaient assis en demi-cercle en face des musiciens.

Les demoiselles Somers, qui étaient bonnes musiciennes, faisaient partie du jury, et le prix fut placé dans les mains de M. Arthur. Le silence était complet. La première harpe sonna, et, à chaque musicien qui essayait son habileté, l'audience semblait penser que chacun méritait le prix. Le vieil aveugle fut le dernier; il accorda son instrument et ce qu'il joua toucha tous les cœurs. Tous étaient pris d'une émotion délicieuse, et, quand la musique cessa, le silence dura quelques instants. Il fut suivi par une salve d'applaudissements. Les juges furent unanimes dans leur opinion et déclarèrent que le vieil aveugle, qui avait joué le dernier, méritait le prix.

L'air simple et pathétique qui avait gagné les suffrages de l'assemblée tout entière était de sa propre composition. Il fut pressé de donner les paroles de ce chant, et, à la fin, il offrit modestement de les répéter, puisqu'il ne pouvait les écrire. Mlle Somers prit son crayon, et le vieillard dicta les paroles de la ballade, qu'il intitulait : *Lamentations de Suzanne pour son agneau.*

Mlle Somers regardait son frère de temps en temps, pendant qu'elle écrivait, et M. Arthur, aussitôt que le vieillard eut fini, le prit à part et lui posa quelques questions, qui mirent en lumière l'histoire de l'agneau de Suzanne et de la cruauté de M. Case.

Celui-ci était présent quand le harpiste commença à dicter sa ballade; son visage changeait continuellement de couleur, pendant que M. Arthur le regardait fixement; et, à la fin, quand il entendit ces mots : *Lamentations de Suzanne pour son agneau*, il recula soudain, se fit un passage à travers la foule et disparut. Nous ne le suivrons pas. Nous suivrons plutôt notre ami, le victorieux musicien.

Il n'eut pas plus tôt reçu les 10 guinées, ce prix bien mérité, qu'il se retira dans une petite salle appartenant aux gens de la maison, demanda une plume, de l'encre et du papier, et dicta à voix basse à son conducteur, qui écrivait suffisamment bien, une lettre qu'il lui ordonna de mettre aussitôt à la poste. Le garçon courut avec la lettre au bureau, et il était temps, car la corne du messager se faisait entendre.

Le matin suivant, le fermier Price, sa femme et Suzanne étaient assis ensemble, songeant que la semaine de congé serait bientôt passée et que l'argent n'était pas encore prêt pour Jean Simpson, le remplaçant. On frappa à la porte et la personne qui portait habituellement les lettres dans le village mit une lettre dans la main de Suzanne, disant :

— Deux sous, s'il vous plait, voici une lettre pour votre père.

— Pour moi, dit le fermier Price; voici deux sous alors. Mais de qui peut-elle être? qui peut penser à m'écrire en ce monde?

Il ouvrit la lettre; mais le nom bizarre qui était au bas le frappa : « *Votre ami bien obligé*, Llewellyn. »

— Et qu'est ceci? dit-il, ouvrant un papier qui était enfermé dans la lettre. On dirait une chanson. Cela doit être quelqu'un qui veut me faire un poisson d'avril.

— Mais nous sommes en mai, dit Suzanne.

— Eh bien, lisons la lettre, et nous trouverons la vérité.

Le fermier Price s'assit dans sa propre chaise, car il ne pouvait lire à son aise dans une autre, et lut ce qui suit :

« Mon digne ami,

« Je suis sûr que vous serez heureux d'apprendre que j'ai bien réussi cette nuit. J'ai gagné le prix de 10 guinées, et j'en suis redevable en grande partie à votre douce fille Suzanne, comme vous le verrez par la petite ballade ci-incluse. Votre hospitalité m'a donné l'occasion d'apprendre un peu l'histoire de votre famille. Vous n'oubliez pas, j'espère, que j'étais présent quand vous comptiez le trésor de la petite bourse de Suzanne, et que j'entendis à quel usage elle était destinée. Vous n'avez pas encore, je le sais, réuni la somme nécessaire pour votre remplaçant; donc, faites-moi la faveur d'user du billet de 5 guinées que vous trouverez dans ma lettre avec la ballade. Vous n'aurez pas en moi un créancier aussi dur que M. Case. Payez-moi cette somme à votre convenance; si cela ne vous convient jamais, je ne vous la demanderai pas. Je ferai encore ma tournée cette année à travers cette contrée, je crois, et dans un an, je viendrai voir comment vous allez et jouer un nouvel air à Suzanne et aux deux petits garçons.

« J'ajouterai seulement, pour mettre votre conscience en repos au sujet de l'argent, que cela ne me gêne pas du tout de vous le prêter. Je ne suis pas tout à fait si pauvre que je le parais; mais mon humeur est d'errer comme je fais. Je vois mieux le monde sous mes haillons que je ne le verrais dans un meilleur vêtement. Il y en a beaucoup de ma profession qui sont du même avis que moi à cet égard et nous sommes heureux quand nous trouvons l'occasion d'avoir un peu de bonté pour une aussi digne famille que la vôtre. Ainsi, au revoir.

« Votre ami bien obligé,

« LLEWELLYN. »

Sur le désir de son père, Suzanne ouvrit ensuite la ballade. Il mit de côté le billet de 3 guinées, tandis qu'elle lisait avec surprise : *Lamentations de Suzanne pour son agneau.* Sa mère s'appuyait sur son épaule pour lire les paroles; mais elles furent interrompues avant d'avoir fini la première strophe par un autre coup à la porte. Ce n'était pas le facteur avec une autre lettre; c'était M. Arthur avec ses sœurs.

CHAPITRE XV

M. ARTHUR ET LE FERMIER PRICE

Ils venaient avec l'intention de prêter au fermier et à sa bonne famille l'argent nécessaire pour payer un remplaçant; mais ils furent bien fâchés de voir qu'ils avaient été devancés par le bon vieillard.

— Mais puisque nous sommes ici, dit M. Arthur, permettez-moi de faire mes propres affaires, que j'allais oublier. Monsieur Price, voulez-vous sortir un peu avec moi, et je vous montrerai une pièce de notre terre à travers laquelle je voudrais faire un chemin? Voici, dit-il en montrant la place, je voudrais faire un chemin autour de ma propriété, et ce morceau de votre terrain m'arrête.

— Pourquoi donc, Monsieur? dit Price, je jouis, il est vrai, de cette terre, mais j'espère que vous ne me considérerez pas comme un homme obstiné, pour une semblable bagatelle?

— Eh bien, dit M. Arthur, mais j'ai entendu parler de vous comme d'un chicaneur, un entêté; et vous ne semblez pas mériter cette réputation.

— Je ne le pense pas, dit le fermier; mais au sujet de ce terrain, je n'ai pas envie de prendre avantage de votre désir de l'avoir. Vous êtes le bienvenu à le demander et je vous laisse le soin de me trouver un autre morceau qui me convienne, ne valant ni plus ni moins, ou de m'en dédommager d'une façon ou d'une autre. Il n'y a rien de plus à dire sur ce sujet.

— J'ai appris quelque chose, continua M. Arthur après un court silence, j'ai appris quelque chose, Monsieur Price, d'un vice dans votre bail. Je ne voulais pas vous en parler, tant que nous étions en marché pour votre terrain, afin de ne pas vous influencer; mais dites-moi quel est ce vice?

— En vérité, et la vérité est la meilleure chose à dire dans tous les temps, dit le fermier, je ne sais pas ce que c'est qu'un vice, comme on appelle cela, sauf que j'ai entendu ce mot de M. Case, et je crois qu'un *vice* n'est ni plus ni moins qu'une erreur, comme on disait. Mais par la raison qu'un homme ne fait pas une erreur exprès, cela me semble une belle chose, si on trouve une erreur, de la redresser; mais M. Case dit que ce n'est pas la loi, et je n'ai rien de plus à dire. L'homme qui a dressé mon bail a fait une erreur, et s'il faut en souffrir, je souffrirai, dit le fermier. Cependant, je puis vous montrer, Monsieur Arthur, pour ma propre satisfaction et pour la vôtre, quelques lignes d'un mémorandum sur un bout de papier qui me fut donné par votre parent, celui qui me loua ma ferme. Vous verrez, par ce morceau de papier, ce que cela signifie, mais l'homme d'affaires m'a dit que ce papier ne valait pas un

Je voudrais faire un chemin autour de ma propriété.

bouton devant une cour de justice et je ne comprends rien à ces choses. Tout ce que je comprends est la commune honnêteté de la matière. Je n'ai rien de plus à dire.

— Cet homme d'affaires dont vous parlez si souvent, dit M. Arthur, vous semblez avoir eu quelques difficultés avec lui? Voulez-vous me dire franchement quel est le motif entre...

— Le motif des difficultés entre nous, dit Price, est

un petit morceau de terre valant très peu d'argent, qui donne sur la ruelle au bout du jardin de M. Case, et qu'il voudrait joindre à sa propriété. Je lui ai dit qu'à mon avis, ce terrain appartient à la commune et que je ne donnerais jamais de bonne volonté mon consentement à cette spoliation. J'étais opposé à lui voir enclaver ce terrain dans son jardin qui cependant est assez grand parce que les enfants du village aiment à jouer sur ce terrain et ont coutume de s'y rassembler le 1er mai; et puis, je n'aimais pas le voir prendre par quelqu'un qui n'y avait aucun droit.

— Allons voir cela, dit M. Arthur, ce n'est pas loin, n'est-ce pas?

— Oh! non, Monsieur, c'est tout près d'ici.

Quand ils vinrent sur le terrain, M. Case, qui les vit marcher ensemble, s'empressa de se joindre à eux afin d'empêcher toute explication. Les explications étaient ce qu'il craignait le plus, mais, heureusement, cette fois, il était trop tard.

— Est-ce le terrain en dispute? dit M. Arthur.

— Oui, c'est seulement cela, dit Price.

— Eh bien, Monsieur Arthur, ne parlons pas davantage de ce litige, dit l'homme d'affaires rusé, avec un semblant de générosité, qu'il appartienne à qui il veut, je vous l'abandonne.

— Un si bon légiste que vous, répliqua M. Arthur, doit savoir qu'on ne peut abandonner ce à quoi on n'a pas de titre légal; et dans ce cas, il est impossible que, avec les meilleures intentions du monde de m'obliger, vous puissiez m'abandonner ce morceau de terre, parce qu'il m'appartient déjà, comme je puis vous en convaincre par le plan de la terre adjacente, que j'ai par bonheur dans mes papiers. Cette pièce de terre appartenait à la ferme de l'autre côté de la route, et elle en fut détachée quand on fit la ruelle.

— Très possible, je pense que vous avez raison : vous devez le savoir mieux qu'un autre, dit l'homme d'affaires, tremblant pour l'agence.

— Alors, dit M. Arthur, Monsieur Price, vous observerez que je promets maintenant ce petit terrain aux enfants pour y jouer et j'espère qu'ils pourront cueillir l'aubépine beaucoup de jours de mai, à leur buisson favori.

M. Price s'inclina, ce qu'il faisait rarement, même quand il recevait une faveur lui-même.

— Et maintenant, Monsieur Case, dit M. Arthur, se tournant vers l'homme d'affaires, qui ne savait où regarder, vous m'avez envoyé un bail à examiner.

— Ou..., Ou..., Oui, balbutia M. Case, je croyais de mon devoir d'agir ainsi, mais sans aucune malice contre cet homme.

— Vous ne lui avez fait aucun tort, dit M. Arthur froidement. Je suis prêt à lui faire un nouveau bail de sa ferme quand il lui plaira et je serai guidé par le mémorandum du traité original qu'il a en sa possession. J'espère que je ne prendrai jamais un avantage déloyal sur personne.

— A Dieu ne plaise, Monsieur, dit M. Case, que je suggère jamais de prendre aucun avantage déloyal sur aucun homme, riche ou pauvre ; mais dénoncer un mauvais bail, n'est pas prendre un avantage déloyal.

— Vous pensez ainsi réellement?

— Certainement, je le pense et j'espère que je n'ai pas perdu votre bonne opinion, en donnant ouvertement mon avis sur ce *vice*. J'ai toujours compris qu'il ne pouvait y avoir aucune indélicatesse en matière d'affaires à se servir d'un vice dans un bail.

— Maintenant, dit M. Arthur, vous avez prononcé un jugement sans le savoir pour votre propre affaire. Vous aviez l'intention de m'envoyer le bail de ce pauvre homme; mais votre fils, par quelque méprise, m'a apporté le vôtre, et j'y ai découvert une erreur importante.

— Une erreur importante! dit M. Case alarmé.

— Oui, Monsieur, dit M. Arthur, tirant le bail de sa poche. Le voici, vous observerez qu'il n'est ni signé, ni scellé par le bailleur.

— Mais vous n'en prendrez pas avantage contre moi, sûrement? Monsieur Arthur, dit M. Case, oubliant ses propres principes.

— Je ne prendrai pas plus avantage contre vous que vous ne l'avez pris contre cet honnête homme. Dans les deux cas, je serai guidé par les mémorandums que j'ai en ma possession. Je ne vous priverai pas, Monsieur Case, d'un sou de votre propriété, je suis prêt à une évaluation convenable pour vous payer la valeur exacte de votre maison et de votre terre, à condition que vous quitterez la commune dans un mois.

M. Case se soumit, car il savait qu'il ne pouvait

légalement résister. Il était heureux de s'en tirer si facilement; il s'inclina et s'en alla, se consolant avec l'espoir que quand on en viendrait à l'évaluation de la maison et de la terre, il gagnerait peut-être quelques guinées; quant à sa réputation, il l'estimait très bon marché.

CHAPITRE XVI

PRICE ENTRE AU SERVICE DE M. ARTHUR

— Vous êtes instruit, vous écrivez bien, vous pouvez tenir des comptes, n'est-ce pas? dit M. Arthur à M. Price, comme ils s'avançaient vers la chaumière; je pense que j'ai vu l'autre jour, de la main de votre petite fille, une facture qui était proprement écrite. Est-ce vous qui lui avez appris à écrire?

— Non, Monsieur, dit Price, je ne puis dire que c'est moi; car elle l'a fort bien appris elle-même. Mais je lui ai enseigné un peu d'arithmétique, autant que je savais, dans les soirées d'hiver, quand je n'avais rien de mieux à faire.

— Votre fille montre qu'elle a été bien guidée, dit M. Arthur, et sa bonne conduite et sa bonne réputation, parlent fortement en faveur de ses parents.

— Vous êtes très bon, très bon en vérité, de parler de cette façon, dit le père réjoui.

— Mais je veux faire plus que de vous payer de

mots, dit M. Arthur. Vous êtes attaché à votre famille, peut-être vous attacherez-vous à moi quand vous me connaîtrez et nous aurons de fréquentes occasions de nous juger l'un l'autre. Je n'ai pas besoin d'agent pour ennuyer mes fermiers ou pour faire de méchante besogne. Il me faut un homme alerte, intelligent, honnête comme vous pour recevoir mes rentes, et j'espère, Monsieur Price, que vous n'aurez pas d'objection à cet emploi.

— J'espère, Monsieur, dit Price, dont la joie et la gratitude éclataient sur son honnête contenance, que vous n'aurez jamais à vous repentir de votre bonté.

— Mes sœurs sont donc ici? dit M. Arthur, entrant dans la chaumière et s'avançant derrière ses sœurs, qui étaient activement occupées à mesurer une jolie indienne.

— C'est pour Suzanne, mon cher frère, dirent-elles

— Je savais qu'elle n'avait pas gardé la guinée pour elle, dit Mlle Somers, j'ai pu savoir par sa mère ce qu'elle était devenue. Suzanne l'a donnée à son père, mais elle ne refusera pas une robe de notre choix, cette fois; parce que sa mère en est contente, je le vois. Et, Suzanne, j'ai appris qu'au lieu d'être la reine de mai, cette année, vous êtes restée dans la chambre de votre mère malade. Votre mère a maintenant un bon visage.

— Oh! Madame, interrompit Mme Price, je suis tout à fait bien. Je crois que la joie m'a guérie.

— Alors, dit Mlle Somers, j'espère que vous pourrez sortir pour l'anniversaire de votre fille, le 25 de ce mois. Hâtez-vous d'être tout à fait rétablie, car mon frère entend que les enfants dansent ce jour-là.

— Oui, dit M. Arthur, et j'espère que ce jour-là vous serez très heureuse avec vos petits amis sur la place des jeux. Je leur dirai que c'est votre bonne conduite qui leur a valu cela. Et si vous avez quelque chose à demander, quelque petite faveur pour quelqu'un de vos compagnons, que nous puissions accorder, demandez-la, Suzanne. Ces dames paraissent ne vouloir vous refuser rien de juste et je suis persuadé que vous ne demanderez rien qui ne soit raisonnable.

— Monsieur, dit Suzanne, après avoir consulté sa mère du regard, il y a certainement une faveur que j'aimerais à demander : c'est pour Rose.

— Eh bien! je ne sais pas qui est Rose, dit M. Arthur souriant, mais continuez.

— Madame, vous l'avez vue, je crois; c'est vraiment une très bonne fille, dit Mme Price.

— Et qui travaille très proprement, continua vivement Suzanne à Mlle Somers. Elle et sa mère ont appris que vous cherchiez quelqu'un pour vous servir.

— N'en dites pas plus, dit Mlle Somers; votre désir est accordé. Dites à Rose de venir à *l'Abbaye* demain matin; ou plutôt venez vous-même avec elle, car notre femme de charge, je sais, désire vous parler au sujet de certains gâteaux. Elle désire, Suzanne, que vous fassiez les gâteaux pour la danse; elle a quelques bonnes choses préparées déjà, je sais. Ce sera assez grand pour que chacun en ait un morceau, et la femme de charge le découpera. J'espère seulement que votre gâteau sera aussi bon que votre pain. Adieu.

Combien sont heureux ceux qui peuvent dire adieu à une famille entière, silencieuse et reconnaissante, qui les bénit tout haut, quand ils ne peuvent plus l'entendre!

— Je voudrais maintenant, dit le fermier Price, et c'est presque un péché, quand on a déjà reçu tant de faveur, de désirer encore autre chose, mais je voudrais, femme, que notre bon ami le harpiste fût ici. Cela lui ferait du bien au cœur. Et le meilleur de tout cela, quand il viendra ici l'an prochain, c'est que nous pourrons lui rendre son argent, avec nos remerciements, restant pour toujours autant obligés à lui que si nous le gardions. Il me tarde de le voir dans cette maison, buvant, comme il fit, juste à cette place, un verre de l'hydromel de Suzanne à sa bonne santé!

— Oui, dit Suzanne, et la première fois qu'il viendra, je lui donnerai un œuf de ma pintade, et je lui montrerai mon agneau Daisy.

— Vrai, ma chérie, dit la mère, et il nous jouera cet air, et nous chantera cette ballade... Mais, où est-elle? Je ne l'ai pas finie.

— Rose est partie avec mère; mais je vais la rejoindre, et je vous rapporterai la ballade aussitôt.

Suzanne trouva son ami Rose à l'aubépine au milieu d'un cercle serré de ses compagnons, à qui elle lisait les *Lamentations de Suzanne pour son agneau*..

— Les paroles sont quelque chose, mais l'air?

L'air? il faut que je joue l'air, criait Philippe. Je demanderai à ma mère de prier M. Arthur de nous indiquer quel chemin le vieillard a pris après le bal. Et si on peut le découvrir, il sera de retour pour l'anniversaire de Suzanne, et il s'assiéra ici, juste ici.

Suzanne fit des gateaux pour la dame.

sous notre buisson, et il jouera cet air pour nous, et je l'apprendrai en une minute.

La bonne nouvelle que le fermier Price allait être employé à recevoir les rentes, et que M. Case allait quitter la commune dans un mois, se répandit bientôt dans le village. Beaucoup vinrent de leurs maisons pour avoir le plaisir d'entendre l'assurance de Suzanne elle-même. La foule s'accroissait de minute en minute sur le terrain du jeu.

— Oui, criait le triomphant Philippe, je vous dis

que c'est bien vrai, Suzanne est trop modeste pour le dire elle-même; mais je vous dis que M. Arthur nous donne le terrain pour toujours à cause d'elle.

Vous voyez que M. Case, avec toutes ses ruses, n'a pas pu lutter contre *la simple Suzanne!*

TABLE DES MATIÈRES

CHAPITRE PREMIER

La reine du mai. 9

CHAPITRE II

Le fermier Price est appelé dans la milice. 21

CHAPITRE III

Les négociations de Rose. 31

CHAPITRE IV

Une visite de Barbe. 41

CHAPITRE V

Les déconvenues de M. Case. 47

CHAPITRE VI

M. Case en quête d'un agneau. 55

CHAPITRE VII

Le vieux joueur de harpe. 63

CHAPITRE VIII

Les demoiselles Somers chez Price. 73

CHAPITRE IX

L'agneau de Suzanne. 81

CHAPITRE X

Price donne l'hospitalité au harpiste 87

CHAPITRE XI

Mlle Barbara à l'Abbaye. 95

CHAPITRE XII

Suzanne retrouve sa pintade et son agneau. 106

CHAPITRE XIII

Les abeilles punissent Barbe de sa méchanceté. 112

CHAPITRE XIV

Le concours de Harpe. Les lamentations de Suzanne pour son agneau. 119

CHAPITRE XV

M. Arthur et le fermier Price. 125

CHAPITRE XVI

Price entre au service de M. Arthur. 133

Paris. — Imp. A. Picard et Kaan, 192, rue de Tolbiac, D. S. P. 393.

www.ingramcontent.com/pod-product-compliance
Ingram Content Group UK Ltd.
Pitfield, Milton Keynes, MK11 3LW, UK
UKHW021111220726
13924UKWH00004B/1647

9 782019 725792